*The Unmumsy Mum*

# 我是
# 新手妈妈

[英] 莎莉・特纳 著
张飒 译

中信出版集团 | 北京

图书在版编目（CIP）数据

我是新手妈妈 /（英）莎莉·特纳著；张飒译 . --
北京：中信出版社，2020.7
书名原文：The Unmumsy Mum
ISBN 978-7-5217-1661-0

Ⅰ.①我… Ⅱ.①莎… ②张… Ⅲ.①散文集—英国
—现代 Ⅳ.① I561.65

中国版本图书馆 CIP 数据核字（2020）第 037912 号



我是新手妈妈

著　　者：[英] 莎莉·特纳
译　　者：张飒
出版发行：中信出版集团股份有限公司
（北京市朝阳区惠新东街甲 4 号富盛大厦 2 座　邮编　100029）
承 印 者：天津丰富彩艺印刷有限公司

开　　本：660mm × 970mm　1/16　　印　　张：15　　字　　数：180 千字
版　　次：2020 年 7 月第 1 版　　印　　次：2020 年 7 月第 1 次印刷
京权图字：01–2020–1497　　广告经营许可证：京朝工商广字第 8087 号
书　　号：ISBN 978–7–5217–1661–0
定　　价：48.00 元

献给

黛比·谢泼德（Debbie Sheppard）

最伟大的母亲

（1954—2002）

# 目录

## 二

## 生活，但不是我们想的那样



## 三

## 一不做二不休

## 四

## 烦琐的日常生活



## 五

## 让自己放松一下

# 六

## 给我整个世界也不换



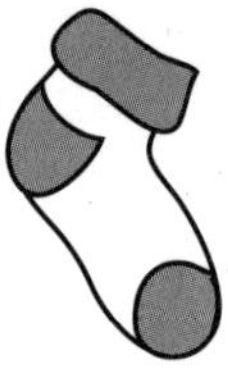

# 请来认识特纳一家

妈　妈

**莎　莉**　就是我，囧妈

作家、博主及其他。拥有哲学学位（从来没用过）。喜欢喝大量的茶，也偏爱葡萄汁和加了汤力水的罐装杜松子酒。极度痴迷 BBC 翻拍的《呼啸山庄》（汤姆·哈迪饰演希斯克利夫那版）。常常上脸书（facebook）。

大儿子

**亨　利**　也叫亨利小熊、亨纳氏，或氢弹亨利

喜爱黑暗武士达斯·维达、史努比狗，以及他想象中的怪物朋友。生日恰逢情人节，所以永远都会收到贺卡。喜欢谈论放屁和屁股。

爸 爸

**詹姆斯** 也叫哈布斯

杰出的公务员、汽车类节目的马拉松式观众、饼干的马拉松式吃货，曾经真的跑过一次马拉松（伦敦，2011），却从头到尾厌恶透了马拉松。喜欢逛公园。讨厌被问到最近有什么趣事。喜欢在参加婚礼的时候调换入座的名牌，害得妻子总是坐在根本不认识的人旁边。为了家庭愿意做任何事。彻头彻尾的大好人。

二儿子

**祖 德** 也叫大力祖德，姜汁饼干，或朱迪砰砰汽水

什么不能吃，他就吃什么。什么能吃，他就扔掉。把客厅当成突击战场。不喜欢给他的各式各样漂亮的小熊玩偶，喜欢动画片《小猪佩奇》里的猪妈妈。家里其他人都是金发，只有他的头发颜色像《哈利·波特》里的罗恩·韦斯莱。

# 关于此书：写给儿子们的一封信

我最亲爱的亨利和祖德：

我的宝贝儿子们，我的亨利小熊和我的朱迪砰砰汽水。

如果你们在看这封信，想必你们一定会把这本书接着看完。我不是很确定是否要让你们了解我过去这些年最深刻的想法，但我想这大概是不可避免的。

先说最重要的。我希望你们是在青少年时期（而不是更早的时候）看这本书，因为你们会注意到，我偶尔会使用一些我不鼓励你们使用的词汇。我一直觉得，准确写下出现在我头脑中的词语会让我的写作更真实，不幸的是，有时候脑子里跳出的第一个词就是“傻瓜”，或者比这更难听的。这些词在家里仍然不得使用——否则无论你们多大都要给我坐到思过椅里挨罚，别的什么也不许干。

在我的青少年时期，我写日记用的还是纸和笔。我知道这让我听起来像个老古董，而且我猜在你们眼里我就是个老古董。我跟你们出生在不同的时代。我出生在20世纪90年代，听辣妹组合，玩日本发明的电子宠物塔麻可吉，用一次性睫毛膏，还从收音机里录排行榜前40名的歌曲（提醒我给你们看磁带是什么东西）。我不会告诉你们我在日记里都写了些什么，因为在我毕业后的大部分日记里，都详细记录了和你们的爸爸在夜店调情的场景（好啦，别尴尬我已经给烧啦）。

和你们的爸爸相遇不久我就不写日记了，但做了母亲后，我突发奇想，想要再次开始记录。只不过这次不是用香味水笔写在我从文具店[1]精心挑选的笔记本里，我开始在网上写博客。在我认真考虑向全世界展示我的想法有什么后果之前，那些博文已经逃脱了我的掌控。互联网就是这么可怕。

所以此刻，就在这封信里，我想说明几件事。不是什么非说不可的事，只是我想让你们明白，我为什么会如此坦率地写下成为你们母亲的过程。我想让你们明白彼时彼刻我在想什么，因为你们，我的两个小傻瓜，总是在我的心尖上。

当妈真的非常难。

无论你们在什么年龄读到我的信，我毫不怀疑那时我还会感到当妈很难。最初的几年，尤其难。某个睡眠不足倒霉的一天——你们在尖叫，我烦躁透了，整个房子就像个战场——那时我真想看看另一个也在过着这种倒霉日子的人的故事，一个可以让我确信我还没彻底发疯的故事，一个可以告诉我用不着绝望得恨不得把自己眼睛都挖出来的故事，因为一切都会好起来的（但同时，感觉糟糕也没关系）。这是我那时想听的。可事实是，大部分我碰巧听到的却

---

① 原文为WHSmith，是英国一家主营文具和图书的连锁店。——译者注

总是关于训练孩子睡觉的实用技巧，或者告诉我我应该珍惜和你们在一起的分分秒秒的话。这些话的结尾还总带个感叹号。“你的宝贝现在都四个月了！”“这个月有那么多值得期待的事！”“你该考虑给他断奶了！”（我不想考虑断奶的事，我只想要一杯热茶，睡一会儿，然后感觉我还是我自己。）

有些博客里的母亲显得惊艳而光鲜——我多希望那是真的！每个人都穿着一件圣诞毛衣，没有人穿带着孩子大便的睡袍，而且每个人都时刻微笑。这些，可帮不了我。

于是我下定决心写自己的东西。我的博客就这样诞生了。我疯狂地发了一条又一条在家和蹒跚学步的亨利一起生活的博文，还有怀上祖德的时候，和你们外出游玩，以及所有这期间发生的事。看起来没那么光鲜，有的可能还有些吵闹，但那些不光鲜亮丽的大吵大嚷就是我那时的真实生活。我的博客，从来不是写给别人的，但有人开始读，最初只有一小部分人，接着变成了上百人、上千人，直到上百万人读了我的闲扯，我意识到我的博客已经广为人知了。

这大大震撼了我，而我也开始怀疑是否该袒露我当妈妈的内心活动。我确实想和大家分享那些真实的想法。可是当越来越多的人开始读这些想法的时候，我有了担忧——这些想法一字一句永远地刻在了互联网上会产生什么样的后果。人总会在某些时刻产生宁可忘记一切的想法。那些想法有时让我们害怕，有时让我们羞愧，有时让我们尴尬，因此我们会烧日记。更何况那些想法是私密的，我根本就不想让它们在互联网上永垂不朽。天，我都干了些什么啊？

但是接着，当我开始审视网友发来的留言、评论、私信和电子邮件，我突然意识到——天啊！我的博客在“为人民服务”。

“谢谢你，”一条评论说，“让我感觉自己很正常。”

“让我开怀大笑。”

“让我在特别糟糕的一周改善了情绪。”

“给我勇气承认这周过得很烂，而且我可没有每分每秒都开心。”

一些母亲（还有一些父亲）的留言让我忍不住流泪。有些妈妈们让我了解了她们的生活，看到她们和产后抑郁症的斗争，看到她们心中持续不断的负罪感和挫败感，以及她们无奈地接受她们孤立无援的事实。“我以为只有我有这种感受。”她们告诉我。

我想把大家都召集在一起，然后用扩音器对她们大喊：“不只是你一个人有这种感受！”正是这种想法，激励着我继续倾诉我日复一日身为宝妈的真实想法——这些想法居然奇迹般地生根发芽，开花结果，成了我生平的第一本书。

毫无疑问，过些年我会重看这些博客和这本书，并且想：“天啊，你那时候从来没停止叫苦连天啊！”我会回首这些往事并感慨道：“我的天，时光一去不复回。”并且发现我写了自己宁愿从来没写过的东西。那些在当时无比真实的记录，如果有机会，真还是想一把火烧了了事。

我那时候可能有些无礼地骂了你们，比如“浑蛋”（对不起！我真的很抱歉，不过等你们自己有了熊孩子，我保证你们就会理解了）；我可能非常渴望全职工作的日子；我可能在心里大声地质疑过为什么生活中不都是彩虹和小蛋糕，为什么我对去公园和亲子聚会感到厌烦，为什么我不能珍惜跟你们在一起的每一秒。

但我希望你们知道，有无数的时光是我无比珍惜的，那也是我们一家人都珍惜的时光。我们的拥抱，我们一起读过的故事、遇见的人、去过的地方，还有你们两个宝贝和爸爸每天都能让我大笑。我真希望能给你们留下一个把你们婴幼儿时光描绘得更加美好的版本，在那个版本里你们不会发现妈妈常常骂人，有时候还会哭。我很想当那个光彩照人、穿着漂亮圣诞毛衣的妈妈，真的。如果在什么地方我让你们失望了，那实在对不起了，我的宝贝。

确实，作为新手妈妈我不是很成功，但我始终知道，没有人比我更爱你们。你们是那么漂亮，好玩儿，有时还疯得要命。而我，为是如此可爱的家庭中的一员感到无比骄傲，为是你们的母亲而骄傲。和我人生中的其他任何成就相比，你们俩才是我的杰作，我的名下永远不会有什么比你们更重要。

为我们干杯，我亲爱的宝贝们！

我爱你们直到天荒地老。

你们的妈妈

# 序 言

## 我这个新手囧妈

曾经，我也想象过有了孩子以后的生活会是什么样。我想到的画面其实就是用修图软件在我生活中加进一群小人儿：可爱的小人儿，有着调皮的卷发和沾满果酱的嘴巴。对于养孩子，我认为自己并不是一无所知——我知道会有一些改变（睡眠少了，尿布多了，喝酒少了，推婴儿车多了）。但是，除了产假以外，我完全没预料到我的生活要发生如此巨变：我不得不与一个小家伙的鼻涕、呕吐物、屁屁为伍，以及我不得不买一辆带塑料电话的婴儿学步车。

我没预料到自己的生活会迎来一场“飓风”。

但是在 1987 年，BBC 的天气预报员迈克尔·菲什也没有预报出来啊！[①] 看看最后发生了什么！

毋庸置疑，当2012年冬天“婴儿飓风”来袭的时候，我手足无措。其实生理上和物质上我准备得很充分，但在心理上和情感上，我毫无准备。设施齐全但不知所措，这就是那时候的我。

我多次被问到第一次“婴儿飓风”来袭时最艰难的是什么。（事实上，也就是什么是有小孩后最难的事。我已经是两个小孩骄傲的妈妈了，可惜只有一个小孩是卷发。）对此，我可以连篇累牍地描写自己的睡眠不足，小孩子在商店里[②]闹脾气，以及一边看纪录片《不列颠云梦泽》，一边给一个永远吃不饱的婴儿喂奶的沮丧和厌倦，这时我只想冲个澡。

是的，那些现实的挑战都是实实在在的考验。但是，除此之外迄今为止我面对的最大考验，是长期的自我怀疑。

“我为什么不能热爱生活中的每一秒？”

“为什么其他的母亲都能热爱和孩子相处的时光？难道我哪根筋搭错了，所以我不适合当妈妈？”

“这和我想的一点都不一样。”

在凌晨三点喂饱了孩子之后，我在谷歌上搜索了“我想要我原来的生活”，但是我立刻又删掉了搜索历史。我感到羞愧，因为我好像根本不想再要我以前的生活了。我爱死了眼前这个还是光头的宝宝，也对我们能组建一个家庭充满感激。但是，有时候（比如我都起床四次了，这个小子还是直接吐进了摇篮）我还是忍不住会想：“我们都做了些什么啊？”有时候我对着我丈夫大喊：“我再也不想

---

① 1987年，英国天气预报未能预报一场席卷英国的飓风的到来。——译者注

② 原文是Debenhans，英国第二大连锁百货公司。——译者注

这样了！”而他的表情告诉我，这场婴儿大冒险也绝对不是按照他的想象发展的。

几年后，尽管那些开心的时光依然掺杂着某些烦人的时刻，但不可思议的事情发生了。除了偶尔有一闪念的自我怀疑，我不再相信真的只有我一个人有这些情绪。为什么？因为我在网上发布了关于成为新手妈妈之后的生活点滴的记述，得到了网友的踊跃反馈。

最开始我只收到几条评论，接着是上百条、上千条，而现在，我的邮箱里收到的有相似经历家长的邮件每天都如潮水般涌来。有很多父母对于不能热爱带孩子的每一秒而万分自责——他们坚信如果这事不是如此困难，他们一定会很喜欢的。曾经，当我听说当父母是世界上最难的事的时候简直嗤之以鼻，不过那是在我亲身经历这种生活以前。

我的博客名“囧妈”有时会被误读。对我来说，“有母亲味儿的”[①]从来不是贬义的，它让当母亲听起来那么自然、快乐和安闲，这些都是我希望自己也能体会到的。给这个词加上否定前缀（自称“囧妈”）做博客名字是因为那时我就觉得自己这个新手妈妈实在有点像冒牌的，而不是一个很妈妈的妈妈。写下我自己所想后，看到其他家长在评论里说“我也是”的时候，感觉实在太好了。这激励着我继续当一个不像妈妈的妈妈（接着写博客和当妈妈，因为很快我有了第二个孩子）。

这本书是为给我留过言的家长，以及更多家长而写的。献给天下所有的父母，母亲、父亲[②]、继母、继父、养母、养父、祖父母、外祖父母，以及所有担负着抚养孩子责任的人。

另外我要说的是，这本书决不能被看成是一本育儿手册。如果

---

① “有母亲味儿的”英文为 mumsy，作者的博客名是“The Unmumsy Mum”。——译者注

② 很欢迎父亲们读我的书。不过我必须提醒你们，我会谈到乳导管阻塞和女人的盆底肌。——作者注

你需要哄孩子及时午睡以便看电视剧《雷德尔法官》的窍门，或是给婴儿断奶的实用指南，你也许应该把我的书换成另一本名叫“怎么养一个不是彻头彻尾木头疙瘩的孩子”的书。这本书不会教你怎么当妈妈，该给孩子买什么，或者你应该有什么感觉。但是我希望你仍然会觉得它对你有所帮助。我希望这本书能告诉你，无论你有多糟的感觉，你可以确信有别人也有同样的经历，并且和你的感受一模一样。

这就是我的书，三年来我毫无保留地从零开始生养两个孩子的点滴记述，写满了期望和现实的差别，写满了兴奋和“我刚从浴缸里用手清理了一坨屉屉”的沮丧。这是我诚实的记录，是当我绝望地在凌晨三点搜索网上的育婴论坛时，最希望看到的东西。我努力不使用“旅程”这个词，因为我很不喜欢人们一丝不苟地讲述他们都做了什么。然而，如果把这个词理解为一长串充满未知的蒙太奇，我想这的确是我的旅程。

让我们继续吧。

回望自己在没有孩子时对当家庭主妇的设想（20世纪50年代的风格，我系着围裙，脸蛋红扑扑的，孩子们在尽情玩耍，而我在优雅地和一位朋友喝咖啡，并让她品尝我刚烤好的小松糕），我一边笑一边擦掉沾在紧身裤上的鼻涕。

**劳拉·乔莉的留言**

# 一

## 我们到底干了什么？

“夜间喂奶更奇葩。所谓‘奇葩’，
是因为这事很烦人。”

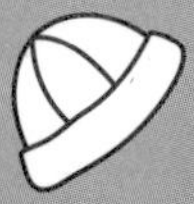

# 二人世界

现在请允许我把时间倒回我生孩子前的2009年，因为要孩子前的这一年在我和詹姆斯的生活中是很有代表性的一年。这一年我们买了第一个房子，我们也都有正式的工作。詹姆斯那时在做公务员，而我刚被提拔为一家融资公司的公关经理。这份工作意味着我要花很多时间开车去位于德文郡的各个融资机构，其实我很喜欢这种状态。

我们既努力工作，也尽情地玩。我们偶尔凌晨两点醉醺醺地回家，一把烤羊肉串在手，满身伏特加味儿。不过，现在回想起来，我们当时应该玩得更疯狂些才对（我甚至后悔，当年在西班牙伊维萨岛著名夜店的泡沫派对上，没试试更加放飞自我的感觉，虽然我从没有过尝试的冲动，但如果我真的想，当然可以）！那时我并没有足够珍视我们的自由生活。

一周的紧张工作后，我们在周末点必胜客的外卖，喝整瓶的红酒和啤酒；可以说走就走，去海边散步，或为了一杯奶茶去“国家信托房子”① 郊游；我们总是懒洋洋地靠在沙发里，边听天空体育新闻，边喝茶吃果酱酥饼干。扫地交给吸尘器，我们只需要躺下来听广播；买菜我们想什么时候买就什么时候买，想买什么就买什么；整理房间只需要三十分钟，包括用洗衣机洗一大堆工作服，以及整理好本来就不怎么乱的房间。

那时候的生活多好啊，我们真的很开心。

第二年，我们结婚了。结婚之后，我们生活的“进度条”危险地向前推进。一定是因为多出的一间卧室和车库，当然还有非常友好的邻居——我们第一次认真讨论了“下一个”问题。不过那时关于这个问题我们唯一可以聊的，是我们营救的流浪猫弗洛伊德，我们像对待孩子一样宠爱着它。

接下来即将到来的是我们成人生活的下一个阶段。

我已经不能确切记得到底是什么时候我们谈到了“我们是不是该要个孩子了”，我只记得我们都同意我不用再吃避孕药了，然后看看“会发生什么”。“看看会发生什么”可不是随便说说的，因为从你不再避免要孩子的那一刻起，你就非常想要一个了。

我也不明白为什么要那么着急。年龄上我们真的不用急，那时我才二十三岁，以后要生孩子时间多的是，但是某种本能告诉我那就是恰当的时间。虽然才结婚几个月，但是我们已经交往了整整七年。我们相识的时候我只有十六岁（我们的相识过程就像童话故事一样浪漫）。

突然间，我变得对婴儿车里的婴儿和公交车上孕妇隆起的小腹超级敏感。虽然我依然享受工作和周五晚上不可或缺的外卖，但我

① 国家信托房子，是 National Trust house 的直译，这是英国伦敦近郊的一片古建筑保护区，那里有一些观赏性的文物古迹，接受游客参观，还有食品售卖点。——译者注

最想的却是做母亲。

我以为这件事立刻就会发生，但是并没有。

事实上，经过了十个月“我觉得我在排卵，你能先不看综艺节目《疯狂汽车秀》到楼上来吗？”的惨痛失败之后，我们对于每天两次的做爱和长时间将双腿举在空中（那是我，可不是詹姆斯，他连一次躺着把腿举在空中十分钟都做不到）都有些灰心了。

接着，我们决定专心料理别的事，因为我们刚卖了原来的房子，买了个多出一间卧室和一个车库的新房子。太棒了！那是一段手忙脚乱的时间，因为我们只能请几周的假来收拾、打包、搬家，以及到希腊的科斯岛度假一周。在预定这次度假的时候，我还不知道那个月我们要搬家。到了新家，我们根本来不及把东西打开，更别说很好地归类整理了。尽管这么混乱，我们还是计划好了开车去加的夫机场。我给自己放了洗澡水（以便搞定度假必备的脱毛），而就在我给浴缸放水的时候，突然间，我感觉月经就要来了：腿疼，肚子在轻微地翻腾。但我的月经从来不准，我听说这样是不容易怀孕的。我觉得如果要穿一周的比基尼，提前准备好卫生棉条是极为明智的。

我不知道这感觉是不是在某些方面不同于平常月经来潮前那种常规的难受，总之鬼使神差地我从放内裤的抽屉里摸到一个验孕棒到马桶上验了下。我对着楼下的詹姆斯喊：“我可能快来月经了，不过以防万一我刚刚测了一下。”

然后詹姆斯上楼来了，这时我正一边裸着身子准备洗澡，一边反复看着那支幸运棒。

“什么结果？”他问道。

“两道杠。不是一道，是两道。这说明我怀孕了。我去！”

“你确定吗？再测一次！”

“不行！我尿不出来了！”

我坐进浴缸里，试着消化我可能要当妈的消息，而詹姆斯去给我拿了一大瓶水好让我能尿尿。我又测了两次。一次可能是偶然。两次，还是不能完全确定。三次，三次毋庸置疑地说明我怀孕了。

我的天，我肚子里居然有个婴儿，而我们正匆匆忙忙准备把他（她）带去科斯岛度假。结果，这次住宿的旅馆是我们有生以来住过的最烂的，还有破烂的“海滩”和糟透了的食物。因为詹姆斯为了省钱，没选择去托斯卡纳的别墅。这可是我们二人世界的最后一个假期，而我没得到丝毫享受，简直不堪回首。

唯一挽救这个烂假期（我告诉你们有多烂了吗？我感觉有必要重复这一点）的是我们随身携带的这个关于婴儿的秘密。我们要做父母了，一想到这个我们就乐得合不拢嘴。根据我们在去机场的路上下载的婴儿中心妊娠应用软件的测算，我怀孕有七周了。这段时间月经没来并没有提示到我，因为这对我来说并不稀奇。我没有任何其他反应，还一直在喝灰比诺葡萄酒，当然我也没有在怀孕的最初七周吃维生素B。我打算一回家就赶紧弥补，去药妆店[①]疯狂采购母婴用品。

我们就这样在破烂的“阳光”旅馆里讨论着给孩子起名的问题，并且提醒自己在确认一切都没问题之前不能忘乎所以，同时又对即将降临的小东西忍不住浮想联翩。第一次发现自己怀孕是一件很神奇的事。虽然也难免害怕，但主要还是觉得神奇。

我永远都忘不了我们从加的夫机场开车回家的场景：我们被阳光晒得黝黑的兴奋的脸，狼吞虎咽地吃着在加油站买的三明治和佩西猪牌软糖，对我们神秘的小东西感到沾沾自喜。我们知道生活将发生翻天覆地的变化。但事实是，当我们兴高采烈地大嚼“佩西小猪”时，我们还什么都不懂。

---

① 原文是 Boots，英国专卖生活日用品的连锁店。

## 我是不是光彩照人啊?

大家知道，我是作为两个孩子骄傲（但也有一点点承受不了）的母亲写下这些东西的。所以说，我花了十八个月来孕育孩子。（我指两次妊娠加起来。我可忍受不了像非洲象那样怀孕六百四十天。你能想象怀了六百四十天后的骨盆压力和酒精戒断反应吗？）但十八个月，还是大概相当于我人生（迄今为止）的百分之五，而当人们问我怀孕的感觉如何时，我一般都会给出这个简单的回答：“有点儿烦。”

我试着去享受它。大部分的时候，我认为我必须要珍惜怀孕的经历，因为我时刻不忘怀孕是上天的恩赐——有那么多夫妻无法生育或者失去了孩子。一直以来，我知道我无比幸运：能够怀孕并且把两个健康的婴儿带到世间。

有些事我的确很享受。比如以前从未有过的小兴奋——肚子里的孩子踢到自己肚皮的那种神奇的感觉；去产检时听到的婴儿心跳声；讨论起名（不过我们犯了个错误，不该和亲戚朋友讨论这个，当他们对我们列出的候选名字表现出惊人的直率时，就没那么好玩了）；拉詹姆斯去上产前护理课（当看到婴儿模型滑下产道的演示时，尽管我们努力控制，但还是没有表现出成人应有的平静）；买小孩的衣服；粉刷婴儿室，并且把我最喜欢的童书《蠢特夫妇》里的名句打印出来框起来，挂到墙上，希望自己能增加点作者罗尔德·达尔的智慧……

我对自己身体可以两次孕育小孩的能力感到惊奇。

但我做不到珍惜每时每刻。

我讨厌晚饭后伸着脖子在厕所呕吐，我烦透了爬楼梯或在床上翻身时小便失禁，因为我的膀胱已经被挤得太小了。第二次妊娠的最后六周，我只能靠在沙发上睡觉（或者根本就睡不着），连《X档案》的重播都看不下去。而且，除了妊娠、尿失禁和恶心的打嗝，我也听烦了那些老掉牙的胡扯和迷信：

"总是犯恶心说明一定是个女孩！"

毫无疑问不是。

"头胎从来不会准时！"

我的很准时。

"如果头胎准时，二胎会提前！"

我的第二胎晚了七天。

"从你肚子的隆起我就能看出你要生个大胖孩子！"

亨利是6磅13盎司[①]。

① 6磅13盎司，大概相当于3公斤。——译者注

最重要的是，我对于怀孕会变得光彩照人的传闻感到生气和失望。

没有光彩照人。

但一切都会好起来的。我信了这个传闻还对我即将到来的光彩照人十分兴奋。本以为只要熬过这呕吐、难受、别扭、有些发胖又不是非常显怀的前三个月（“狗屎月”），我就会直奔那个美好的形象：闪亮头发，光洁皮肤，迷人的孕妇装下骄傲地显出一个浑圆规整的隆起的福地。可这成了一个长期的笑话。

怀孕时我从来没有光彩照人过。

相反，我总是吐得汗涔涔的，而且总是觉得很累。我的皮肤灰暗，还有粉刺——没有焕发着英国玫瑰般的娇艳而更像青春期少年宿醉的肤色。我期待在一件茶花牌[①]连衣裙下炫耀的“隆起”换成了腰间的赘肉，赘肉还不可思议地慢慢占据了我的腋下和下巴。这倒是让我更喜欢怀孕了。虽然每次怀孕体重就长好几十斤，但也会有个想法让我解脱，那就是——哈，既然这样，多吃一块胡萝卜蛋糕又何妨？

不管怎么说我就是没能光彩照人，尽管我遇到过一些穿茶花牌连衣裙的待产妈妈确实无比光彩照人。所以这不是没可能的，只是没发生在我身上。（我一点儿怨言都没有。）

关于怀孕，我之前听到过的两件事——两个怪癖（这种事我一般认为是“老掉牙的胡扯”）——这次我可以证明它们是真的，因为我亲身经历了。

第一是整理癖。这很容易让人误解，因为它使人想到整理东西、装饰以及确保一切都安排得妥妥帖帖。但我沉迷的事并不是整理而是清洁，清除整个房子里所有的灰尘、污垢、异味，只留下清洁剂[②]

① 原文为 Topshop，一个英国时尚品牌。——译者注

② 原文为 CIF，英国一个超强去污清洁剂品牌。——译者注

（原味）柔和的香气。

清洁用品我简直买不够，实在是太好闻了。那时候清洁剂[1]广告里的巴里·斯科特在擦掉淋浴留下的污垢以后，会大叫一声："砰！污垢消失！"这让我爱死了，简直可以勾起我的性欲。

在最痴迷于搞清洁的时候（怀祖德期间更疯狂一些），我一天至少擦三次厨房的台面——而这不过是我最常规的清洁活动。壁脚板漂白，柜橱消毒，把冰箱拖出来清洁后面，擦门，擦墙——我有一次用闪亮强力喷雾剂喷了房子的外墙和楼下室外的窗户，还让正在梯子上清理排水口的公公把楼上的窗户也这样喷一遍。我还让詹姆斯一周内把电视柜拉出来两次，因为我没力气拉它出来，而不把所有灰尘扫清我决不罢休。

怀孕八个月的时候，绝对没人敢和我争执，因为我疯狂的样子让他们印象深刻。他们害怕我去爬梯子，或者非要一个人去挪四十二寸的大电视。他们害怕是有道理的。虽然其间不乏一些搞笑的时刻，但我已经变成了别人生活里的噩梦。有一次，周五晚上大家照例正一起看电影，我突然按下暂停键，然后拆下了所有的垫子套扔进洗衣机，因为怎么能让一个新生命降生在一个垫子套都没洗的家里呢。还有一次，詹姆斯把一些盛有吃剩的意大利面的盘子——只是稍微有一点点汤汁流出——放进了我刚消过毒的冰箱，我就大发雷霆。后来我们把我那次的崩溃称为"面条门事件"，在我重新拿出清洁剂之前，我哭了有足足半小时。詹姆斯真惨。

显然，我现在知道为了剩面条哭实在是太不理智了——简直是可笑，可是那个时候我觉得自己很有理。事实上，那是我曾经有过的最本能和不可遏制的冲动之一——我必须把家这个小窝打扫干净。

---

① 原文为 Cillt Bang，也是一个英国的清洁剂品牌。——译者注

产后过了好几周，我在超市[1]路过放清洁用品的过道时，才不再试图评价那些产品的柠檬清香怎么样（更正一下，巴里·斯科特的话已经不能再勾起我的性欲了）。

怀孕给我带来的第二个怪癖与食欲有关。这在第一次怀孕时还没有那么明显——除非算上麦香鸡汉堡套餐，因为大部分时间我都酷爱吃这个。在第二次怀孕后期，我对吃冰产生了无尽的欲望。不是冷饮或者冰棍，而是冰块，直接从冰箱的冰块模子里拿出来就塞进嘴里，一块接一块咯吱咯吱地大嚼，就像吃 M&M 豆一样。每消灭一盘我就会再冻一盘，以保证任何时候都有的吃，因为万一没有了，对我的情绪会是灾难性的打击。事实上，大嚼冰块可能是缺铁的征兆，而且在妊娠期间很常见。但无论是什么原因导致我一天能嚼掉五十块冰都很怪异，现在想想我都觉得牙疼。

以上，我的怀孕经历说不上有什么特别的，但挺好笑。

总之一切都是上天的恩赐。

还有一点点烦人。

我怀孕时第一次逛了“玩具反斗城”，进门时我正好听到从里面传来的一家人的对话。

“我想要一个小黄人！”

“不能给你买小黄人。”

“可我就要一个小黄人！哇哇哇哇哇！”

“在进来之前你根本就不知道小黄人是什么东西！”

这让我永生难忘。

**玛丽·埃克塞特的留言**

---

① 原文为 Tesco，是英国大型连锁超市。

## 我在使劲儿!

生孩子这事让我着迷。虽然十六年前看《加冕街》里萨拉·卢生孩子曾给我带来了小小的阴影，但最近我成了电视剧《忙碌的产房》的忠实粉丝，而且我期待着给别人讲我的生产经历。我也期待着告别清洁剂、呕吐和大嚼冰块。

分娩是成为母亲最正式的仪式，不是吗？不管婴儿从哪里出来（从腹部子宫或者是坐阴道滑梯），从那一刻开始，你就加入了母亲俱乐部。我迫不及待地要赢得“我生了孩子”这枚奖章，而且计划骄傲地戴着它去参加新手妈妈聚会，在那里心照不宣地和其他生出了小人儿（偶尔也会不那么小）的母亲们相互点头致意。

当别人问我“生孩子是怎么样的？”或者“真的很痛吗？”时，我给他们最坦诚的回答就是：完全取决于你问我的是哪一次，因为我很确定我的两个孩子不是同一个女人生的。

如果在亨利出生后我就写了这一章，那会是个很正能量的故事。而如果在祖德出生后写，则会非常短。这给我出了个有趣的难题。我应该在这一章和你们分享什么呢？在我都不确定是否已经搞清了自己的感受之前，我该怎么说呢？

所以我决定根据我的记忆分别分享两次分娩的故事，并且诚实地反思一下我的一些想法。下面我就开始讲了。

## 亨利的降生

预产期（2 月 13 日）的一场虚惊之后，我正式在情人节那天开始分娩。开始的时候一切都很平静，詹姆斯在用他苹果手机上的子宫收缩计时软件监测我宫缩的规律，我则在罗琳（我的闺密）面前坐在健身球上随着球弹跳（我太爱罗琳了，我生活中很多重要时刻她都在，毫无疑问我的第一次分娩她也即将见证）。我们没完没了地聊着要带到医院的东西是不是装全了（我指我和詹姆斯，不是我和罗琳）。我已经把东西拿出来又装回去至少十次了，最后一次是因为在网上看到我需要两包产妇专用护理垫，可我真的需要吗？接着，我有了我自己的“嘻哈秀”——小便失禁，听起来似乎有趣，但其实挺恶心的。就在那时候，我的羊水破了。这好像都挺正常的。

不过很快就不是了。我开始狂吐。詹姆斯赶紧把呕吐物从新沙发上擦掉，而我，用恨不得杀了他的眼神盯着他，都什么时候了还在乎沙发？我马上要死去活来地生出一个 3 公斤的孩子了！这好像还不够乱，更奇葩的是，通过看从我身体里分泌出来的东西的颜色，我就知道有些不对劲了。“这孩子在我的羊水里拉屎了！她们在课上讲过！”

所以我一点都不惊讶。尽管我摇摇晃晃地走进了助产产房[①]（我们精心挑选的一个，为了追求在离家的环境下没有临床不适感，又最自然有效的分娩体验），我们还是得马上收拾东西，去医院。

除了这个脏兮兮的娃在我子宫里抗议之外，我的血压正在飙升。我在医院做第一次检查的时候，被证实患有先兆子痫。

该死。

先兆子痫是很严重的病，一堆医务人员在产房里一直双眉紧锁。不过，除了宫缩加剧让我不能好好和詹姆斯聊聊他在医院随行包里都装了哪些零食之外，我感觉还挺好的。我发现没有我想得那么难以忍受，而且，经过了不怎么太疼的几个小时后（感谢无痛分娩针），当我错认为我要拉屎时，宝贝亨利不大费劲地自然降生了。要是能出演一集《忙碌的产房》，我会无比自豪。

“你真棒，宝贝儿！”詹姆斯对我说。我确实不错。生理上，没在生孩子的时候大便，精神上也没有，嗯，我是说，没过度紧张。此后我会对好奇的朋友们说：“真的没那么糟糕！”

## 祖德的降生

两年零七个月之后，我第二次生孩子，我变成了一个十足的怪兽。如果第一次生孩子我因为淡定获得过奖章，那这一次奖章肯定会被收回。我变成了《忙碌的产房》里的那个女人，就是那个当你端着一杯茶和五个蛋奶果冻坐着看剧的时候，心想“拜托，大姐，镇定点儿！”的女人。

我没做好。

很难确定到底是哪个环节出了问题，因为理论上，并没有像第

① 在英国，很多低风险的产妇会选择在家附近的助产机构生产。——译者注

一次生产前出了那么多状况。这一次我什么事儿也没有，没有危险的高血压或者先兆子痫带来的可能需要剖宫产的风险，因此医院的每个人看起来都很轻松。我的意思是说，除了我之外。

人人都说生二胎更容易，我也完全信了。对于一次可能会更麻烦的分娩我一点思想准备都没有，我毫不怀疑这对我来说就是小菜一碟。回想起来，这真是个愚蠢的想法。事实是，生祖德几乎花了比生亨利多一倍的时间，而且要痛苦得多。第一次分娩中那个镇定从容的女人，在第二次并没有出现。相反，她变成了傻瓜一样的“双胞胎妹妹”。

詹姆斯对于我生祖德的评价（基本上抹杀了一直以来不可动摇的“宝贝儿，你真棒！”的赞美）是：“你像个神经病。我从来都没见过你这样。”分娩过程中，我从歇斯底里到自闭。我扑通一下跳进分娩池，希望能在水下安静地分娩，但不到一个小时我就从水里狼狈地冒出来，大叫着：“快想个有用的办法！”詹姆斯竟敢建议我在水里再坚持一会儿，我恼火地对他吼道：“我需要的不是在一个巨大的澡盆里泡澡！”

我用管子吸了一会儿气，觉得有些头晕，就气呼呼地把吹气口扔了。我想要来个无痛分娩。然而我被劝说不要用无痛分娩。那个亲爱的助产士（特里什，我想那是她名字，我们就叫她特里什吧）对我解释说婴儿在一两个小时内就会降生了，无痛分娩反而可能耽误时间，还可能造成第二天还得留在医院的后果。詹姆斯同意了——他认为我可能刚好到了那道坎儿，孩子大概说来就来。

我被打了两针吗啡，困得没反应了。此前我已经二十四小时都没睡觉了，筋疲力尽。我在宫缩的间歇睡着了（坐着睡），像只受伤的动物一样呻吟着。詹姆斯后来告诉我，有几个小时我都拒绝说话，在床上静静地坐着摇摆着身子，偶尔瞪他和可怜的特里什一眼。我觉得那又怎么了？（作为自我辩护，我当时真的在想我是不是疼得快死了，死了就解脱了。）低血糖使我的宫缩逐渐减弱——我需要一杯甜饮。但我拒绝喝甜饮。

接着是整个分娩过程中我最大的不合作——当子宫口已经扩张到差不多十厘米的时候，我开始了我平生最无意义的罢工——我拒绝使劲儿。

“我要无痛分娩！”我哀号着，并不是针对谁，所以自然也无人理睬，因为在子宫口扩大到 5 厘米的时候就已经发生过一次了。

“我要剖！”

“我想死！”

每个人都开始担忧了。然后特里什说了句挺严厉的话。

据詹姆斯说，于是我开始假装在使劲儿，嘟囔着：“我在使劲儿！”其实则无耻地完全不在下边那里努力一点点。

不过我最后还是走上正轨，开始真使劲儿了，因为三个小时后，当我感受到那熟悉的想要拉出一个炮弹的感觉时，祖德宝宝终于出生了。

终于解脱了。

我记得我把裹着小毛巾被的祖德抱在怀里的情景。他看起来很可爱，粉嘟嘟的，就像他理所当然应该这样（而一点也不在乎他妈妈不愿意帮他从产道里出来）。一切都结束了，我太高兴了。

可是接着，胎盘卡住了。

我甚至不知道还会有这种可能性。电视上人们生孩子的时候胎盘从来就不会卡住，不是吗？在关于霍尔比市医院的电视系列剧《霍尔比市》里，我从来就没见过一个女人分娩以后亲眼看着大夫一针戳到她腿上，然后把胎衣弄出来。我对天发誓我从来不知道胎盘会被卡住。可是，说啥也没用，我的就卡住了。有位医生谈到脊柱麻醉和手术室，还有医生几次尝试移动它都失败了，直到有一位医生终于成功了。我就不具体描述他是怎么做的了，但詹姆斯用来描述这个场景的形容词是“残忍”，你大概能想象了。

接下来，是真的都结束了。我和詹姆斯美美地吃了一顿茶和烤面包，又凝视了一会儿我们漂亮的宝贝，他被包裹得舒舒服服地，睡在塑料小床上。那时还没给他起名字（我想叫他维尔夫）。我摇摇晃晃地洗了个热水澡，詹姆斯和我的谈话大部分是：“天啊，那可真够糟糕的，是吧？”然后我出院了，添了新成员的四人家庭生活开始了。我以为事后我会对生祖德时的混乱开玩笑（比如：“这真是个噩梦！”“相信我，我有个卡住的胎盘！哈哈！”），可事实是这经历让我心有余悸，以至于时至今日我提都不想提。在许多方面，它颠覆了我从亨利分娩的经历中得到的所有正能量。我不再看《忙碌的产房》了，就算看，我保证我再也不会想让那些崩溃的母亲们有点理智了，因为现在我理解她们了。她们并不是不理智，只是不知道该怎么做。

关于如果再怀孕一次我会做得有什么不同，我想了很多（别紧张，詹姆斯，这就和假设如果咱们中了彩票我会做什么一样）。我想出以下两个方案：

第一，我要研究催眠分娩。我读过一些惊人的关于催眠分娩的研究，它的核心大概是强调产妇生产时自己的主动权和控制力（毫无疑问这在我第二次分娩的时候是没有的）。无论是名人还是普通人，妈妈们都为之着迷一定是有原因的，所以如果我再怀孕的话，我会尝试一下。不冒险就什么也得不到，对吧？

第二，如果再发现我那么疼，我会更坚决地要求无痛分娩。那时候我身体的每一寸都在哀求帮助，遗憾的是我最终也没有。是的，我知道自然无药分娩有很多好处，可我更愿意那次分娩给我用上那些药。我不觉得有什么该为此感到羞耻的——不用药也没有奖励。如果再怀孕的话，当我在测孕棒上看到两条蓝线的那一刻，我就会坚定地认定无痛分娩。开个玩笑（也许吧）。

在过去的几年里，我听过也读过太多关于生产的故事了，从痛苦吓人的紧急剖宫产，到快得不可思议地在医院停车场分娩。读得越多，越坚信没有任何一个人的怀孕分娩经历是相同的。每一次分娩都是独一无二的，每个女人也都是独一无二的个体，而且有些女人（包括我）在不同情况下的表现都不一样。

不愿意回顾生祖德的经历，有一部分原因是觉得难堪。四脚朝天地任人“宰割”是一回事；四脚朝天地任人“宰割”时还不加控制、惊慌失措地大喊大叫，又是另一回事。不过仔细想想，我毫不怀疑助产士们什么都见过，所以如果我们当时确实十分崩溃，大概没必要太埋怨自己。

不过，特里什，如果你在读这个，我得说我很抱歉当时对你瞪眼，大叫，以及当你试图用那个叫多普勒的玩意检查胎儿心跳的时候打走你的手。总而言之，很抱歉，我当时有点像个傻瓜。我还想说谢谢你没介意我犯傻，你帮我安全生下一个漂亮的小男孩，和我另一个一样漂亮但已经不那么小的儿子做伴。你的工作无比重要。

助产士们，向你们致以最崇高的敬意！

## 他可别再饿了！

夜间喂奶的痛苦是你事先无论如何也想不到的。当然，我也不认为有什么能让你对白天要不断地喂奶有所准备（离开医院才几个小时，我就得出了这个结论，就是说，我的新生活会被喂奶所主宰）。可是，天哪，夜间喂奶更奇葩。所谓“奇葩”，是因为这事很烦人。我的心理准备（第一次的时候）是告诉自己，虽然会很累但是可以在白天补觉。我真是很傻很天真。根本不只是缺觉的问题，而是一整夜在本来就没睡觉的情况下，还不得不反复起来忙活那些叫人头疼的事情：喂奶，换尿不湿，拍嗝，清理吐出来的奶，换床单，再换尿不湿……我记得，在很多次喂奶的间歇，我呆呆地瞪着天花板，心想人有没有可能被累死。我的结论是，如果可能的话，那我马上就要累死了。我感觉在过去的二十五年，睡眠一定在调节我潜意识里隐藏的一些不稳定倾向，而缺觉把我变成了双重人格。

我是多么渴望睡眠啊！我以前不理解为什么表达很想怎么样时人们会说“宁可连我的右胳膊也不要，为了……”，不过现在，在极度缺觉的情况下，我宁可连右腿也不要了。

为了最大限度地让我们有机会踏踏实实地睡上四个小时（什么时候开始四个小时成了不错的睡眠时长？从什么时候开始的？），我和詹姆斯试着用白噪音来安神。一开始，我们从苹果手机应用商店下载了一整张白噪音专辑。后来，当情况坏到极点时，我们买了亚马逊网站卖的婴儿哄睡神器——一个肚子里装着白噪音播放器的玩具熊，我感觉那倒也有点用——睡觉时把它放在我俩中间，当婴儿有要醒的意思时就赶紧打它让它发声。说实话，听着风扇噪声混杂着轻柔的波浪声入睡成了我家的常态。所以半夜换完尿不湿以后，我们很乐意谈论一下自己最喜欢哪些曲目：“换下一首。我最喜欢细雨声的那个，你呢？”我们是不是已经丧失理智了。

你会祈祷，希望情况好转。通常，最终，情况的确会好转。而在这之前，夜间喂奶要经历一系列的绝望。

## 夜间喂奶的五个心理阶段

1. 希望

当婴儿渐渐入睡，你夹在柔软的小兔被子和那个放白噪音的玩具之间，妄想着今晚就这样过去，今晚会不一样。

2. 逃避

你睡了最多五分钟，孩子就醒了。这不可能，你想。你不去理睬耳边疯狂的哭声，拍打那个放白噪音的东西作为解决问题的最后尝试。但这无效，不过你还是不能接受他又要吃奶这个事实。“接着睡吧。”你轻轻地说（并不是专门对谁说的，一边说一边啜泣）。

3. 对峙

现在你知道孩子确确实实醒了（他哭得小脸通红，半条街都能听见他的尖叫），你一动不动静静地躺着。你的安静给你丈夫一个身体语言信号：“我在睡觉，我不会起来。”你盼望他能起来。可他根本纹丝不动。神奇啊！有时候你只是顺水推舟发起对峙，但因为你需要起床小便，这场对峙就这么轻易结束了。

4. 愤怒

你气愤地打开夜间照明灯，“一不小心”踢到丈夫的肋骨叫道：“他怎么又饿了？他为什么是这么一个混球？不是在搞笑吧！”边说边把孩子从小床里抱起来喂奶（大声叹气）。如果在这个阶段你丈夫确实醒了，他能听见你愤怒的感言：“再也不要孩子了！”或者“再生这一个压根儿就是个错误！”以及“我讨厌我的生活！”。如果他没醒，他的鼾声（或呼吸声）会让你恼火得想给他脸上狠狠来一拳。

5. 愧疚

宝宝朝你笑了。一边是咒骂和离婚的想法，一边是孩子咯咯咯的笑。你对于刚刚埋怨他毁了你生活的想法感到很内疚，还有骂他混球。所以在喂奶的时候，你轻声对他说：“嘘，没事的。这样好不好？你喜欢妈妈喂你奶吗？”同时回想你是一个多糟糕的妈妈，并且准备在网上搜索，看有没有其他人在帖子里坦白自己也骂过他的宝宝混球。（你几乎找不到这样的帖子。这进一步印证了你的结论，就是说，只有你发生了这可怕的“当妈翻车事故”。）

最后，当孩子拉完大便以后，大家都重新睡觉了，距离下一次这个魔鬼循环的开始，还有差不多五十五分钟……

我应该说明，詹姆斯在夜间喂奶方面做得比他该做的要多。不过我们早就达成了一致，在我休产假期间这事主要由我负责——毕竟，他早上要开车去上班。对于他早上可以去上班我一点也不嫉妒，一点也不……

然而我想，人们对于夜间喂奶的经历有着极为不同的记忆。在我经历这些的过程中，有人给过我一些合理的意见，比如“会越来越容易的”（的确），“不是永远这样”（的确不是），还有“过一晚是一晚”（这是你最后唯一能做的）。我也读到过一些彻头彻尾的胡说八道，叫你一定要珍惜这些夜间喂奶的时光，我想申明的是，你没有义务从这当中发现任何乐趣。当然，很有可能，除了极度缺觉和歇斯底里，你也会经历一些神奇和安宁的时刻，全世界都入睡了只有你们两个醒着。你可能会发现这是你和孩子增进感情的特殊时刻。但是如果你并没有这样的发现也没什么——对我来说，这种特殊的增进感情的时刻最好还是在白天会更好一点。我从来没有怨恨我的两个儿子在夜里把我吵醒——我是说，那一刻我的确怨恨，当我叫他们混球的时候，但是总的来说我不怨恨。婴儿需要很多食物，我从来也没指望他们能真的一下睡十二个小时。我知道我必须忍受喂夜奶——考虑到所有方面，这其实是生养孩子过程中最稀松平常的部分之一。但是这并不说明比起其他的事它有丝毫容易的地方。“你不会再有这样的机会了。”听我抱怨喂夜奶多累的人这样警告我。好吧，太感谢了。我也不想再有那样的机会了。

如果你是一位新手妈妈或者准家长，我得说我不会不负责任地对你做任何保证。生孩子很像买二手车——你自愿地参加了一次你没有掌控权的抽奖，你只能往最好处去想。我认识一个妈妈，她的孩子直到快三岁才能在夜里正常睡觉，而另一个妈妈的孩子，才生下来几个星期就可以酣睡一整夜不哭闹。至于我，第一次，在睡觉的赌博上，我们很不走运（亨利每小时都会醒，每次醒的时间都超级长，让人超崩溃）；但是到了祖德，我们却中了大奖，虽说对待他和对他哥哥是完全一样的，可他不同，他就喜欢睡觉。不过，当你不可避免地在幼儿游戏班参加幼儿奥林匹克（比如比赛看谁的孩子睡的时间最长，谁的孩子有最强健的脖子，谁的孩子第一个拍巴掌等）的时候，一定小心，因为关于“一直酣睡”的定义可不一定相同。我有一次遇到一位妈妈声称她的宝宝从生下来第五周就可以酣睡一夜。我当时真想扇她一巴掌（是妈妈，不是孩子，澄清一下）。可后来我才发现，原来她对“一直酣睡”的定义是从半夜十二点到早上五点（“十二点是我们去睡觉的时间，早上五点则是一天的开始。”）。这乐观的态度也许在某种程度上值得称道，可是我不认为她的孩子酣睡了一夜。从晚七点到第二天早七点，这才是我们对“一直酣睡”的定义。

朋友们，目标可以定高点。

当新手妈妈是平生最让我震撼的事。作为一名老师，我本来觉得我没问题。一个婴儿和三十个十四岁不想学习的孩子比起来，能有多难带？可我犯了多该死的错误！面对缺觉，尝试喂母乳却失败，从剖宫产手术中恢复，我真不相信通过生孩子，我对我自己和我的生活做了什么？我觉得自己很差劲，我讨厌自己这个新手妈妈，接着我又因为愧疚更讨厌自己——这简直是一个可怕的情绪旋涡。

**无名氏的留言**

# 有好有坏有肿块：哺乳的高潮与低谷

我发现妈妈们关于哺乳都有自己的故事。我怀孕的时候，发现大多数关于哺乳的资料都很枯燥——语言生硬的“给你宝宝喂奶”的简介配上 20 世纪 80 年代的插图，描绘怎样正确地把宝宝的嘴巴放在乳晕上，以及关于乳腺炎的警告。后来我发现，当自己面对一个刚出生不久的婴儿要吸吮他碰得到的任何皮肤，甚至包括老爸毛茸茸的胸脯的时候，这些指导都极其实用并且非常必需。我庆幸我谙熟那些小册子里，关于哺乳的健康指导以及其他相关知识。但是我也很想听一些更坦率的故事，而不是只呆板地学习一些小册子。哺乳到底是什么样的？

下面就是我总结的关于哺乳的经验。

## 开始，是相当艰苦的工作

我发现刚开始的日子里，哺乳是很无情的一件事。开始的几周对于整个身体是个挑战，一个小人儿似乎永远粘在你的乳头上，让人筋疲力尽。随需随喂，真是这样，在哺乳我两个儿子的头几个月，我感觉自己就是哺乳的奴隶。哺乳亨利的时候，有时他要吃上一个小时，然后不到一小时就又要吃，又吃一小时……我感觉自己走到了一条不归路的尽头，就是累得精神错乱的那个点上，同时又哭又笑，抽泣着对詹姆斯说这孩子在狂喝（“他像酗酒一样狂喝！”）。那些日子很痛苦，我不断地折腾，用乳头罩，涂乳霜，换姿势，很不雅地斜靠在沙发上，试图用各种搞笑的方式喂奶。

我还见了一位哺乳咨询师。她建议我试着把每一次哺乳看作婴儿吃一顿三道菜的大餐的机会，第一个乳房可以看作是他主菜前的开胃小菜以及接下来的两道主菜，如果他吃完了这些，我可以给他另一个乳房“作为餐后甜点”。这其实是很有帮助的建议，可是我只想冲所有人尖叫。我想哀悼我失去的自由，因为我的生活只剩下坐在沙发里袒胸露乳喂奶了，我想大叫。除非詹姆斯把所有的食物都切成用叉子吃的小块，否则我根本没法吃完一顿饭，而且，当我终于能赢得我短短的眨眼四十下的小憩[①]大奖时，还是会毫无悬念地，被一声毁灭性的“我想他又饿了”给打断，这太不公平了。啊啊啊！

## 哺乳是很方便的

在其他很多情况下，母乳喂养的好处还是很多的。乳房万岁！这是因为在我疲惫、蓬头垢面，简直就是行尸走肉的状态下收拾妈

---

① 原文为“40 winks”，眨眼 40 下是在多部英国文学作品中出现的“成语”，形容最短时间的睡眠。——译者注

咪包时，至少可以不操心打包奶水——我有乳房。无论我们走到哪里，随时都有奶。既不太热，也不太凉，刚刚合适。我的乳房就像天降神器，永远能随时应急。有一次，祖德宝宝在火车上差点崩溃。我赶紧解开文胸，一把把一个乳头塞进他嘴里，然后放松地靠着窗看杂志。这是那些“感人”的时刻之一，我记得我当时想的是：感谢上帝给了我乳房。当孩子断了母乳开始喝牛奶以后，我们更意识到“母乳喂养才是最棒的”。因为在某个周日下午，我们发现家里快没有配方奶粉了，而所有的商店都关门了。而且我们算过，每个月买几桶牛栏牌奶粉总共要花四十多英镑[①]，而母乳是免费的。如果这还不能说明它有那么点神奇，我不知道什么能。

**哺乳是一种有趣的经历……**

产前课讲过怎么用手挤奶和吸奶器，可每天的真实生活比想象中的要可怕得多。我第一次用手挤奶做得不错，因为我希望詹姆斯也能参与一些，并不是我不喜欢哺乳，尽管我不是特别喜欢。（我从来不像我认识的有些妈妈那样珍爱哺乳时光，但对于自己不是分分秒秒都热爱哺乳我早已经释然了。）我迫不及待地要开始使用吸奶器，并分享这快乐。电动吸奶器确实很神奇，但是也有点可笑。我坐在沙发里，一个乳头连接上吸奶口（被挤奶），另一个乳头放在一个塑料壳里（为了接住不被挤奶的乳房中流出的富余的奶，乳房可不明白它们两个是轮流的，现在还没轮到它呢）。过去三年我一直搞农业机械融资，见过大量的电子畜牧围栏和机器人挤奶员挤奶，而当我一边看早间新闻一边自己挤奶的时候，我对奶牛产生了新的尊敬。詹姆斯经常对我在客厅里袒露乳房开玩笑（“它们又来了！”），

---

① 1 英镑约等于 8.7 元。

而且他是对的。把乳房露出来是如此平常和经常，以至于有时候我都懒得再把它们放进衣服里了。

接着发生了一起“事故”。一个使我俩至今记忆犹新的，特别的关于挤奶的插曲。一天早上醒来，我发现乳房不只是有一点肿——它们像疙疙瘩瘩的大石头。同时我感觉浑身发热，难受，觉得自己要得乳腺炎了。通常有肿块的时候，我可以自己解决——通过轻轻地用手指按揉乳房来疏通我认为堵塞的输乳管。这种时候，喂奶带来的乳房畅快的感觉会特别强烈，我的儿子们才喝一口奶，我就感觉乳房舒畅许多了。就在2012年的这一天，我试着努力把肿块按摩出去，可是不行。我知道我已经没法自救了，就把詹姆斯叫到楼上卧室，来体验一下自我们结婚以来最最可笑的时刻。

他看到只穿着裤子的我坐在床上，裹着毛巾和暖和的法兰绒。我裸露的乳房（尽管有很多硬块而且有点红肿），足可以媲美处在鼎盛时期的大明星凯蒂·普莱斯。

“你得用手给我挤奶。”

他满脸不相信：“你不是开玩笑吧？”

“不是，我确实需要你用手来给我挤奶。我没法找到合适的角度自己充分按摩两个乳房。现在乳房肿得这么大，吸奶器戴不上了。真的很疼。”

“好吧。”

接着就是我丈夫坐在我身后的床上给我挤奶。完全没有性的成分（因为泌乳一点都不性感[①]），但我感受到了平生从未有过的松快。我的奶浸透了至少两条毛巾，接着，我们一起欣赏我的乳房形态恢复正常，击掌庆祝，下楼喝茶。无论好坏，这就是婚姻。

---

① 可能需要说明的是，关于“泌乳”，的确有不少人认为泌乳性感。我敢保证，那些搜了“泌乳做爱，乳房奶淋浴”这些关键词的人，如果看到了我的博文一定会很失望。——作者注

## 喂奶的妈妈没时尚可言

很多哺乳期的妈妈把自己打扮得光彩照人，穿得好像她们绝没有放弃生活。确实我觉得在大街上找到时髦而且方便喂奶的衣服变得越来越容易了（新手妈妈知道吗，劳动布现在正流行），但在时尚的问题上我没有过于丰富的想象力。有时候我只是想买一套衣服，不用考虑它是否方便穿着喂奶。我梦想着穿点正常的衣服，而不是松松垮垮的上衣、包裹系带式连衣裙、带衣领扣的宽松长外衣，或镶嵌了“秘密”喂奶层的套头衫。我不想总是穿湿漉漉T恤衫醒来（湿是因为一个乳垫被奶浸透了，或者在夜间喂奶的过程中错位了，导致奶流到衣服上）。在我几乎忘了深更半夜乳房溢奶的痛苦时，我朋友在喂奶的时候给我发短信，说她烦透了把过大的乳房挤进胸罩里，还有全身散发的一股老冰箱味道。她真够可爱的。

## 有时候，哺乳就是不成功

妈妈们哺乳面临很大压力。我知道母乳喂养好处很多，有时候，专家对于评估婴儿在哺乳时的表现，或者对于贪吃婴儿综合征（我想术语应该是“密集追奶”，而对这种现象的解释几乎都是涨奶）所提的建议都很有帮助。而有时候，仅仅一句鼓励的话也很管用，只要有人说：“坚持，会越来越容易的！”

我也读到过一些妈妈的来信，她们拼命地坚持哺乳，即使在哺乳时疼痛难忍也哭着坚持，即使乳头流血、奶量不足也坚持，因为她们觉得放弃似乎更糟糕。也许她们听这句“坚持，会越来越容易的！”听得太多了，以至于开始质疑不坚持能怎么样，会怎样改变人们对她们为人，以及为人母能力的评判。

我发誓要告诉你们我最真实的育儿经历，当然也包括哺乳。虽然不知道为什么，在我写这些的时候，我感觉房间里有只大象[1]，它对我提出的“有时候，母乳不一定是最好的”这种亵渎上天的言论，晃着它的大鼻子……

我确实很推荐母乳喂养。我亲测过了，而且我是母乳喂养的粉丝。不过，如果我提到的那些不好的事在某处引起了你的共鸣，我只想说，如果你不得不喂奶粉，那完全不是世界末日，因为你是否是好家长的评判，不取决于孩子是如何被喂养的。有时候，妈妈们也应该享受最好的选择。我保证就连对我晃鼻子的大象也会同意这一点。

我爱着，孕育着体内这个胎儿九个月，自从知道他会降生，我每分每秒都想着他——吃维生素，戒酒，戒烟，好好吃饭，好好锻炼，做对胎儿最有益的事。对胎儿最有益，对胎儿最有益，对胎儿最有益，我做了所有对胎儿最有益的事!!!

**苏琪·塞伦塞斯特的留言**

① 房间里的大象，原文“elephant in the room”，是一句英文谚语，指一些非常重要、显而易见的，却容易被人们忽略的问题。——译者注

# 天啊，我需要一些宝妈朋友

亨利出生的时候我没什么朋友，我中学同学、大学同学和工作上的朋友都还没生孩子（这帮无忧无虑的家伙），而住在离我家一百多英里[1]远的姐姐，她那时也才生了一个。去找我最好的闺密要开车四个小时（她在我怀孕五个月后也怀孕了），这可不是“溜达过来喝杯茶”的距离。

我可不想冒险当在“母亲岛”唯一翻船的人。在我飞往希腊那个破烂的科斯岛旅馆（詹姆斯，如果你读到这儿，你应该知道我的表情）前，从验孕棒上的两条线证实了我怀孕时起，我就知道自己该结交新朋友。但结交新手妈妈朋友的前景却让我害怕。我一直害怕被一大群女人包围，所以以前工作的时候，我的好朋友几乎都是男同事。

---

① 1 英里约等于 1.6 千米。——译者注

除了中学和大学时几个特亲的闺密，我二十岁出头时会去结交的大部分新朋友都是男性。跟他们聊聊夜生活，逗逗闷子，来个见光死的网友约会倒还行；跟他们聊会阴切开缝合和乳房肿块可没什么意思。我要生孩子了，我得给自己找个“组织”。到哪儿找呢？

我听说加入新手妈妈聚会最好的途径就是去上国家生育信托基金的课程。我姐姐就是这么做的。听说在课堂上，你会遇到预产期和自己差不多的准妈妈，在孩子都出生后大家会重聚，然后在脸书上更新一张所有婴儿在野餐垫上排成一排的照片（可能还加上被拖来的尴尬地蹲在旁边的爸爸们），标题是“国家生育信托基金团队”。看起来这是一个好办法，我的生活里需要一些来自国家生育信托基金的朋友。但是，唉，当我上网注册课程的时候，却发现我家旁边根本没有。没有！这意味着我得用老办法交朋友，自己去参加一些线下活动，然后遇到一个想永远做我“最佳搭档”的妈妈。那些毫无新意（但是免费）的产前课程确实实用，不过它们不是用来社交的。在这些课程上，除了看一些婴儿在产道内的展示，就是看那些巨大的、像用来夹沙拉的夹子那样的产钳，以及讨论产妇护垫。我友好地对其他家长微笑，却不交换电子邮箱地址，也没有参加当地农场公园的“二月婴儿重聚”。我确定我以后再也不会见到这些人了。为了找朋友，我得自己去参加一些聚会，找别人要联系方式——很像我以前去过的那些求职会，不同的是，穿的不是西服套裙而是孕妇裤。

亨利出生的时候，我已经对寻找新朋友这件事做好了心理准备。过了四周，当詹姆斯回去上班的时候，我决定试着接触几个这样的圈子看看效果如何。婴儿主题，哺乳主题，我全要试一遍！反正没坏处。我全试了。每次至少两个小时疯狂的准备之后（“你最好别再拉屎了！”），我微笑着（抱着孩子）参加这些聚会。有时候，这需要一些勇气。推着婴儿车经过市政厅的双重门，停好车，看到别人都已经在聊了，而我要穿过一堆婴儿玩具，一屁股坐在某人旁边，并尽量让自己显得合群。这种聚会上没有男人，所以只能在一个全是女人的环境里喝茶，大家聊着下奶的痛苦，尽量放松地走出自己的社交舒适区。但是我做到了，而且我很高兴我去做了，因为这些聚会简直是天赐的（而且有一次，我确实需要聊聊下奶的痛苦）。和这些妈妈们聊天没有想象中费劲，因为当你带着一个小孩的时候，几乎不可能和别人无话可聊。小孩是最好的话题。只要问一下“她多大了？”或者“你今天给她称体重了吗？”，你们就有了一小时关于分娩、喂奶和进行到了育儿指导手册中什么阶段的谈话。你们在婴儿的挡箭牌之下交流，笑他们打嗝似的笑声，咒骂他们拉屎的时间。

出门喝茶和倾诉的时间很珍贵，而且给了我穿戴整齐出门所必需的动力，否则我会连续五天待在家里看《装修家庭》[①]。其他的新手妈妈们都非常友善，不过我似乎没摸到怎样更上一层楼的门道。也许我应该更勇敢些，在有组织的哺乳咖啡馆和婴儿诊所课堂之外，建立自己的小圈子。我需要一些可以直接过来串门喝茶的朋友，一些我可以在凌晨三点发信息而被回复“你烦不烦啊”那样的朋友，我需要聊断奶之外的精神支持。

某个夜晚在我们（当时）住宅区的一次偶遇，成了我交新朋友经历的转折点。这次偶遇是从某个黑暗点开始的。所谓“黑暗点”，我指的是那天当詹姆斯下班回家又看到我眼泪汪汪，我看《追捕》看哭了。（老实说那是我那天唯一试着看的视频，而当亨利的尖叫声盖过了电影的声音时，我彻底崩溃了。）我一把将孩子塞给詹姆斯，然后摔门而出。我当时真希望自己穿得暖和一点，可是在那么戏剧化地出了门之后再回头伸手拿我的毛衣实在太丢脸了，所以我继续

① 《装修家庭》，一个 BBC 系列纪录片，教人们如何通过拍卖买到破旧的房子，来改造、装修，然后通过出租或转卖来盈利。——译者注

往前走。在气愤地大步走了一个小时，嘟哝着“我不会再忍受这种烂事”之后，我终于平静了一些，并且决定回家看看孩子。

就在离家还有几百英尺[1]的地方，我撞见了一个女人，我确定在产前课上和助产诊所的候诊室里都见过她。现在她肯定也已经生完孩子了。当时她正在扔可回收垃圾，而且看起来十分生气。于是我溜达了过去。“一切都还好吧？”我问她。我希望能一字不差地记住她的回答，但是我并不记得了。不过大概就是“可怕”“糟糕”或是“我受够了”这些意思，因为我清楚地记得我当时的想法：“感谢老天！”不是感谢老天让她觉得糟糕，而是感谢老天不是我一个人有这种感觉。还有别人也在说：“天啊，我到底做了什么啊？”我感到无以复加的释然。

也许我还没崩溃。也许还有其他像我一样的人同样感到糟糕透了。也许我很正常。我如释重负，仿佛一下子甩掉了那种让我感到茫然和伤心的孤独感。我瞬间爱死她了。我们在那儿站了很久，聊生活质量下滑的方方面面，那真是一种解脱。我们约好再见面，不是在宝妈聚会上而是在各自家里。我想那是我第一次真正的“约玩”，直到现在我还记得遇到一个志同道合的人的那种喜悦。我有了合适的朋友。我回到家，给了詹姆斯和亨利（仍在尖叫）数周以来最大的微笑，然后接着看《追捕》。

此后我们有了很多次约会（和一些互相吐槽），这份友谊带来的轻松感从未远离我。我们花几个小时讨论缺觉的危害，对生孩子之前生活的怀念，让我们更加拉近了距离。我们梦想下班后的夜生活和海边度假。可惜祖德出生后我们就搬家了（并且讽刺的是，因为昂贵的价格，我们负担不起之前的大房子了），所以我无法去串门吃烤面包（加番茄酱）并且跟她抱怨不肯睡觉的孩子们了。（噢，我可

---

① 1 英尺约等于 0.305 米。——译者注

真想她，虽说我们仍然保持着联系。）一切都回到了原点，我要再次努力在一个新的地方，结交新的宝妈朋友。我倒霉的生活。

好在第二次，我对于结交新朋友更自信了。我知道我在寻找什么样的人，我也更加勇敢。我发现我用“有时间喝杯咖啡吗？”这一招就可以，在抚养婴儿的课程上跟某人聊过几次之后，我通常能确定是否可以和她相处。这不是什么科学，但是当我说：“天啊，生孩子真是折磨人，是吧？又到他们睡觉的时间了！”如果看到一个疑惑地皱眉，我当场就会明白正聊天的这位妈妈大概不是跟我一起去公园的最佳人选。而如果她回答：“他们是这么讨厌的家伙！”“我需要喝一杯！”或者甚至是：“你想出去喝一杯吗？”我能当场认定，这位妈妈会是我终生的朋友。

我遇到过在安排“约玩”日程方面几乎算得上专业的妈妈们，有着惊人朋友数量的妈妈们。相比起来，我的宝妈朋友圈要小多了，不过我挺开心。我的朋友都是长久的朋友。确实，刚开始时我惧怕结交“宝妈朋友”和跟她们“约玩”，但这两样后来都被证明是我过去几年生活中不可或缺的。我很欣慰，我现在有几个亲密的宝妈朋友可以和我谈论一些重要的、关于做母亲的问题，比如骨盆问题和做那件事（“悄悄地”做爱）。我曾经害怕这些做母亲的话题像洗碗一样无趣，而事实上，我和大家一样喜欢聊妊娠纹和产后性生活。

有宝妈朋友真棒。

宝妈们需要的只是一句话：“别慌，会没事的，我们都在努力，而且我们都一样，做得都差劲透了。”

**安娜茜·汉普希的留言**

# 宝妈不可貌相

我结交宝妈朋友的旅程（我现在热爱“旅程”这个词）的重要部分是给宝妈们贴标签。与上百位宝妈（有亲身接触的，也有通过博客认识的）交流的经验，让我知道了自己以前的思维是多么狭隘。

记得在第一次怀孕期间，我出去赴约并且和我的一位客户谈起她刚生完孩子的姐姐。“她是那种，你知道，”她压低声音说，“很土的妈妈。”虽说我从未见过她姐姐，但我立刻觉得自己知道她是什么类型了：土里土气，不修边幅。这意味着她的衣服都是婴儿断奶服（天然材质）和公平贸易[1]的衣服。

当我生了亨利，第一次去参加那种宝妈聚会时，我试图找到一些所谓的标签：土气的妈妈，事业型的妈妈，家庭妇女型的妈妈，

---

① 原文是 fairtrade，公平贸易指为了让一些处于生产链条底端的手工艺生产者得到更公平的对待，而允许他们所制作的一些价格略高，品质略低的产品直接进入零售市场。——译者注

高格调的妈妈，邋遢的妈妈。如果可以给人们粗暴地分类，一切就容易多了，对吧？我不觉得我很土气，当然也不觉得我格调很高（但是我希望我不是完全地邋遢），所以我感觉最好直接找出那些不土气、不高格调、也不邋遢的，等着孩子上音乐班的家长。其实就是那些“正常”人。所以我和那些看上去“正常”的母亲（和父亲）们聊天。

后来我才意识到这让我显得像个充满偏见的傻瓜（这算是个公正的评价），但其实我挺害怕被其他母亲评价的。事实上鼓起勇气，和看起来跟我相似的妈妈（就是说，有点不修边幅，裤子上粘着孩子的呕吐物或者奶酪）试着聊一聊，也许要容易一些。

确实，给宝妈贴的标签大部分时候是不准的，但偶尔也准得可怕。有一次我去参加亨利的一个母婴群聚会。我试着和一位妈妈聊天，她正在织东西（虽然她不是我喜欢的类型，但我还是想在群聊开始前先找人单独聊聊天）。对于她关于钩织的花样，以及她家完全有机的生活方式，还有她再也不会回去上班或者喝酒（因为她感觉现在既然做了母亲这些都无须再做）的言谈，我一直点头赞同。我清楚地记得她说话的时候用了“母亲”而不是“妈妈”，而我在想：在和别人说话的时候我是否会自称为“母亲”。这位妈妈告诉我她不喜欢婴儿车，而我则暗自想：我永远也不会学钩织，有机食品的价格太贵，而且我迫不及待地想回去上班。我一边推着婴儿车，一边想着冰箱里的葡萄酒……

但是这真的是唯一一次我记得自己一直在心里说：“这实在太尴尬了。”因为大部分时候，我那些基于零星信息得出的对其他妈妈的仓促判断，都毫不靠谱。

比如有一次，我在心里悄悄把一位妈妈贴上“事业型妈妈”的标签（她有一份非常忙碌的全职工作），而事后她告诉我这都是为了赚钱偿还按揭。实际上，他们在考虑换小一点的房子，以便她可以不用加班。

还有一次我悄悄把一位妈妈定义成“家庭妇女型妈妈”，因为她根本不计划回去工作，但后来她说，那是因为靠她的低收入工作是无法支付托儿费的，实际上她想找一份兼职。

再比如有一次我遇到一位非常“高格调的妈妈”（穿戴都是名牌，而且她总是打扮得极其完美），但是我后来发现她住在穷人区。她具体住在哪儿当然无关紧要，但我的错误在于，从第一眼就认为她很富有。我设想她开着路虎来学校，而她根本就没有车。

外表确实很有欺骗性。

我知道我会在潜意识里仅凭有限的信息（通常是他们的外表）就把其他家长归类，但是现在我努力不这么做。不光是因为我和很多在我没生孩子前会避开的妈妈们成了朋友，还因为我发现，不乱判定别人，能使生活变得更有意思。如果大家都一样，那该多么乏味？很多关于为人母的最搞笑、最坦诚直率的聊天，都发生在我和那些以前很容易被我定义为“不是我的菜”的妈妈们之间。

我最近有幸遇到一位以前我一定会避开的妈妈。这位妈妈刚写完《终极绿色育儿指南》一书，在和她聊天之前，我从来没想过作为一个家长要如何“绿色”。要做到“绿色”，我们就得遵从纯天然的生活方式，远离电视机，开始担心潘婷洗发水的化学危害！她绝对不可能适合我。

但是和她喝咖啡的时候，我发现我学到了很多非常有意思的关于绿色生活的益处，和节约费用的技巧。我们愉快地聊孩子，和户外活动的共同爱好。我从来没想过，我们每天逛公园和步行进城的做法特别“绿色”，而我出来散步暂时逃离家的做法也算得上有点“绿色”。

我认为任何一个自称“绿色家长”的人，都会对我非绿色的行为有偏见，这样的想法太幼稚了。通过和她的聊天，我优化了自己的行为（比如，把詹姆斯喝完扔进垃圾桶的空酸奶罐翻出来，以及在本地卖货的网站上列出一些我以前会直接扔掉的婴儿用品）。不过我当然不会放弃电视机（因为我喜欢看电视剧《加冕街》）。但是如果你喜欢的话，尝试一下绿色育儿也确实不错。当然普通的生活同样也是很好的。我偶尔也尽最大努力试试高格调，当然我确确实实也邋遢过。

我开始明白，每个人都不是固定属于任何一个阵营。育儿不像美国大选——你用不着“站队”。

现在看来，我躲开“某一类”妈妈的做法是愚蠢的，努力在心理上把自己和某种类型的妈妈联系到一起也是愚蠢的。在 2012 年亨利出生后，我对自己给家长贴标签的行为反思了很多。我的结论是我不属于任何类型，除非“这就行了”也算一种公认的育儿方式。大概在某些时刻，我试过了所有的类型。

尝试万岁！

不过我还是不会钩织。

我儿子六个月大的时候，我和国家生育信托基金团队出去吃晚饭。我觉得每个人都和我想得一样，所以我说了永远不该说的话：“有点儿无聊，是不是？”说完后周围静得能听到一根针掉落的声音。

**海伦·切希尔的留言**

# 我对婴儿背带的无能为力

“你试过用婴儿背带吗？”一位妈妈问我。

“什么？”生完孩子三个月了，当有人问我有关婴儿的问题时，我仍然会有那种惊愕的表情。

这位妈妈对我挺有帮助的——我一直在抱怨我的孩子，除非把他带在身边，否则他会一直哇哇哭。她为我提供了一个很实际的解决办法：“你用婴儿背带试试！”

哦，这个呀。作为新手妈妈，我管这种方式叫带抱孩子。不过很快我发现，我极其有限的关于带抱孩子（20 世纪 80 年代时候父母用的夹子和皮带扣）的方法，根本就不是现在的这种。婴儿背带和婴儿后背包让我眼界大开。这不是把孩子塞进瑞典生产的婴儿背袋，然后赶快出去遛个狗那么简单的。现在有很多婴儿背带的网站，有婴儿背带主题聚会，脸书上有婴儿背带及各种配件使用的窍门。绝对让人脑洞大开。

在从不少宝妈朋友，包括我姐姐——一个婴儿专家那里收到很多友好的建议之后，我买了第一个婴儿背带。我说的“婴儿背带”，用的像是空中体操运动员用的那种材料。真不是瞎说，那玩意至少有三百尺长。我一边打开一边想：“这叫我怎么用？”

不过我“学会”了。我见过别的妈妈用这样的背带，还有一次，两个技术娴熟的妈妈临时给我帮忙（用她们的一根背带把我给裹了起来）。看起来挺简单的。要找到这东西的中间点，再保证边上不要拧住，绕过一个肩膀，再绕过另一个，再塞进去之前留了一点点空隙的部分……这有什么难的？

也许不难，但我真是力不从心。收到货后我把之前学的全忘了。等我第一次试着用它带孩子的时候，我只好重新从网上看视频学习。我清楚地记得，有天晚上我站在厨房里，台面上放着 iPad，看一个女人用娃娃冷静地展示这有多么容易的视频。我试着照她的步骤做，但是我不停地出汗，我被背带缠住了。我换了方法，在关键的地方不断地暂停视频，最后终于做到了，然后勇敢地把有点儿吓坏的亨利放进去。我认为自己是照着视频[①]里的方法做的，所以我把詹姆斯叫来评价我的成果。“从后边看跟她弄得一样吧？”我问他。他看了一眼暂停视频中女人整齐吊好的娃娃，再看看被缠在一堆松松垮垮乱糟糟的东西里的亨利，没说话。那个女人的娃娃舒服地靠在她胸前，背带不松不紧正合适。我的却比一个敞口袋还松（百分之百是一样的背带），亨利很别扭地悬在我的肚脐附近哇哇直哭。我深吸一口气，把孩子抱出来，把视频调到开头，求詹姆斯帮忙。我们得一块搞这个婴儿背带。我就是要把它弄好！我俩那晚在厨房试着裹住

① 原文为 YouTube，是一个视频分享平台。——译者注

一个哇哇哭的孩子，就是最早的“我们的生活怎么成了这样”的那种时刻。

我对婴儿背带的无能为力应该是很好笑的，好笑得简直能让人满地打滚，可是我却笑不出来。我满身是汗。实际上，网上的课程让我又急又气地哭起来，还想把这破烂婴儿背带扔地上。（连这我都没法做到，因为我还被这该死的东西缠着呢。啊啊啊！）一想到这儿我的腋窝就发热。

几周后，我终于学会了。我学会了把亨利放进婴儿背带里，只是需要花二十分钟，而且必须照着镜子才能完成。我把这东西套上肩膀的时候，还是看起来像只汗流浃背的章鱼，不过我调节松紧的能力有所长进。实话说，婴儿背带有很大好处：手被解放了，不用笨拙地推着婴儿车撞到商店的门，也没人会注意一张湿乎乎的小脸往我的胸罩里随便呕吐了。但是情急的时候我还是不能很顺利地系上又解开这东西。我就是不够娴熟：从咖啡店[1]出来时肩膀疼痛，怀里抱着缠了一半的孩子；站在车旁边，试着调整那根最重要带子的松紧，结果汗流浃背……婴儿背带的广告里真该加上一句：“保证不会给你添麻烦！”

没错，我对婴儿背带的尝试很短暂。后来我又试过另外几种样式的，有一种侧背的，有一种尼龙的胸前交叉式的，但是我受够了。我还是会很羡慕地看着那些用婴儿背带的父母，当我推着婴儿车在商店[2]门口撞到了他们的时候，我心想我还是应该再试试的。不过在再一次的尝试（一个很贵的奇特装置，祖德烦透了它——他一被放进去就几乎要把我的胸骨打断）之后，我彻底放弃了。销售员告诉我没有适合所有人的一种婴儿背带。我想也许

① 原文为 Costa，是创始于英国伦敦的咖啡店品牌。——译者注

② 原文为 TK Maxx，是英国最知名的折扣商店。——译者注

总有一种适合我的，只是我没找到它。也许我不该偷懒，应该去参加一次婴儿背带主题聚会，学习一下使用交叉婴儿背带的经验。也许我只是始终没有从在厨房里看视频示范的失败感中恢复过来。

但我再也不想听这些扯淡了。

# 二

## 生活，但不是我们想的那样

“有一次我的一个乳垫掉进了海洋球池。”

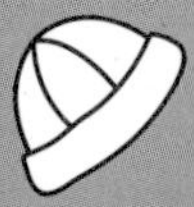

# 你的日子 vs 他的日子

有时候早上醒来时，我想到将要面对的这一天，心里不禁叹息："噢，天哪。"早上詹姆斯的闹钟响了，他起床，洗澡，准备上班。而亨利就是我的闹钟，一早他就大喊："妈妈，你醒了没有？我的屁股后边湿了。""我找不到我的火车玩具了。""我能吃点维多兹[1]吗？"如果我特别幸运的话，我先听到的会是小黄人的响屁闹铃，我的手机就像《神偷奶爸 2》里的放屁机一样在我脑袋边响个不停，它会把祖德也吵醒，而且他马上就会拉屎。唉，我的鬼日子！乱哄哄的一天就这么开始了……

"祝你愉快。"我嘲讽地对按时出门的詹姆斯说。他不用把婴儿车和儿童座椅塞进车里，也不用担心带没带够婴儿湿巾。有时他还用 iPod 悠闲地听音乐。这个浑蛋！

转身回到客厅，两个小家伙至少有一个在胡闹。我得考虑八点

---

① 维多兹，英国产的巧克力味脆麦圈。——译者注

三十五分就让他们看《玩具总动员3》是不是太早了，还是我该等着看《洛林脱口秀》又讲什么了……更主要的是，我每天都在考虑一个世纪难题：这一天我该拿他们怎么办？

“你知道你能去上班多幸运吗？”我告诉詹姆斯，“我希望咱俩换换。”休产假会让这种抱怨加剧，但即便去做兼职，也让我对詹姆斯的两天“休息日”感到愤愤不平，我仍然会对全职工作的丈夫怨恨有加。理论上，在孩子长大之前做兼职工作只是暂时的，可是已经四年了，我开始觉得这不是暂时的了。我的生活比起几年前简直发生了翻天覆地的变化，而他的生活却丝毫没变。这让我非常生气。问题是，我知道他也很生气，因为他要每周玩命工作五天，而我每周却能和可爱的儿子在家待四天。

“我很愿意跟你换！”他说，“我很愿意每周只工作三天。”他说这话并不是怨恨或者激怒我——他是真的不想做全职工作。接着就是没完没了的抱怨……

“哈！你完全没概念！”我嘲讽地说。

我开始认识到我们这种没完没了的“我的日子比你糟糕”的争论实在可笑和毫无意义。这没让我们任何一个人感到好受一些，而且对谁都很不公平。

到我第二次休产假的时候，我发现我嫉妒他有离开家的自由是不对的，而且我把工作理解成我们没有孩子时候的那样也是不对的。那时候工作就像过节——虽然我热爱工作——但那仍然只是工作。有了一个婴儿和一个快三岁的孩子以后，詹姆斯的睡眠少了很多，但他仍然需要努力工作。下班以后，他回的不是一个整洁安静的家，也不能看体育新闻再来杯冰镇啤酒，以前我在银行工作到很晚时他可以这么做。如今他回家看见我，压力很大。我坐在堆积如山的破塑料玩具可能还有用过的尿不湿中间，告诉他我多么讨厌待在家，多么讨厌我的生活，然后戏剧化的争吵又来了！我告诉他我要崩溃了，而且我已经不知道喝茶是什么感觉了，因为我连澡都没洗。有时候，我会给他看白天录的视频，一个或者两个孩子在尖叫，我说："这就是我的一整天。"我惊讶于他为什么不晚上也找份工作。

我想我现在明白了，这种简直有点像炫耀的"我的日子比你糟糕"的争执应该停止。丈夫回家的时候对他气急败坏，这对我一点好处也没有。我还是时不时地觉得太辛苦，希望他承认我的日子更难点。我需要他能清楚地认识这一点。但是，同样地，他听烦了我喋喋不休的抱怨，而且想提醒我他已经工作了一整天（"你才幸运呢……""又开始没完了……"）。

问题就是，回想起来，我还是觉得有点不公平。确实，我在家的日子，他往往八点二十五分就"逃跑"，而且还能用 iPod 听音乐（虽然他听的可能只是《冰雪奇缘》里的《让爱随缘》或者《狮子王》里的《哈库拉马塔塔》）。但确实，在九点二十五分，我有时候已经烦得哭了。

更多的时候我的确宁愿去上班。

但是，这些都不能证明我丈夫"赢了"。我敢保证有时候周一的早上他醒了以后，想想未来漫长的一周，会很希望能待在家里。他对我的嫉妒和我对他的一样有理。但他得到的却是我忽视他的感受，反过来告诉他我待在家有多难，并且反复说他根本没有概念。我说他没概念这一点也不算全错——他确实不知道一天天的和两个不到三岁的孩子待在家是什么感觉。他从来不用这样。但那也不是他的错。同样的，我也不知道工作了一整天回家后，面对跟他发飙的妻子（和满屋杂乱）是什么感受。在我休产假最艰难的日子里，我经常忘了问问他这一天过得怎么样，也许是很糟的一天，而只是忙着立刻向他倾诉我的一天是多么可怕，为什么我的一天要比他难十倍。

我向他倾诉的这些，他白天已经在我发给他的充满咒骂的信息里了解过了。就是像这样的信息：

我宁可当个清洁工也不想干这些破事了。

午饭时别给我打电话，我对你没好话说。

你在哪儿呢？下班马上给我回信息。你需要买尿不湿——这两个小浑蛋一整天都在胡闹，我都去不了商店。

你最好早点回来。我受够你的孩子了。

这些真的是我发给他的信息（不值得骄傲）。

我想到什么就给他发什么，不幸的是，基本都是在我发火的时候发的。很多时候我和儿子们玩得很开心，但我都没有告诉他，除了用手机拍一张他们坐蒸汽小火车的照片。但即便是对工作狂来说，待在家也有很多好处。有时候，好处还比上班多。晒晒夏日的阳光，找朋友聊聊，享受孩子的拥抱（不流鼻涕的），还能自由地安排自己的时间。如果你愿意，周二下午两点可以去图书馆，说去就去。但一般四点以前到不了，因为没有一个半小时你不可能打扫完脏乱的家……不过在一定程度上，你可以自己决定怎么安排自己的时间。到底能不能顺利出门，得由孩子的表现决定。你还是要听某个人的，只不过看紧你的这个“老板”要小多了，还能用葡萄干来贿赂。

这里我觉得有必要说明我所写的完全是自己家的事。这不能说明在家带孩子的一定是妈妈。你可能是同性婚姻，你们两个可能都是全职工作，也可能都是弹性上班制度。也可能你是单身的父亲或母亲。

向你们大家致敬。

但是如果你和我家的情况一样，那么，大概工作的那个并不比在家的那个轻松。有时候是，有时候不是。有时候，其中一个明显享受着更多的好处。有时候，两个人都赢不了。但有一点可以肯定，除非你真的一定要区分工作还是在家，在家还是工作，不然这种不断的“我的日子比你糟糕”的争执会永无休止，而且对谁都没有好处。能改善这种情况的办法是，周五晚上开一瓶酒，承认两人这一周都很辛苦。这会增进感情——何况还有酒，双赢。

## 给工作一方的重要提醒

- 如果孩子在长牙或者家里的人生病了，上班时你反而轻松一些。
- 别假装你知道抱着哇哇哭的婴儿，再带着一个正不听话蹒跚学步的孩子去打针是什么滋味。确实，那天她一定受了很多罪。
- 如果她发火，原谅她。她不是真的恨你，或者孩子，或者这个家，或者她的生活。她只是（暂时）崩溃了。她给你发的那些又气又骂的信息不是她的新爱好，但她有时候实在忍不住了，她真不知道还能怎么办。别叹气。实际上，在那些时候，最好离她远点。其实不是针对你，但是她真可能想扇你耳光。
- 最后，千万，千万别问她这一天都做什么了，或者你的衬衫洗好没有。她自己都没洗澡。你自己应该知道洗衣机在哪儿。

## 给在家一方的重要提醒

我知道听他说“我工作了一整天”很令人生气。但是他确实上了一整天的班。而且他连在孩子午睡时去晒太阳的机会都没有，或者大周四穿着睡衣看电影，或者在图书馆和朋友喝咖啡吃点心。承认吧，在家是有一些好处的。虽然说，詹姆斯（如果你读到这里），我知道你工作多么辛苦，但是我觉得我们应该就在家会更难这一点达成一致，所以你至少应该给我买瓶酒或者泡杯茶。作为回报，我会努力不再给你发那些又气又骂的消息。

# 亲爱的，咱们说说做爱吧！

事先说，老爸，你完全没必要看这一章，还有长大后的儿子们。

“咱们今晚做爱吗？”詹姆斯露骨地问。

“哦……不知道。所以现在做爱我们都要提前商量了吗？”

“我只是想知道，我是不是该调整我的一些生活惯例。”

“是吗？我不知道。”

“那就是说不做了？”

“大概是吧。”

“好吧，如果这样，也就不用把《翻新中古车赚大钱》录下来回头看了。喝茶吗？”

似乎别无选择：生孩子改变了我们之间的关系。有时候变得更好，有时候变得更糟。最惨的是，有时候简直要把这关系毁了。（在博客里写了生完孩子后的夫妻关系之后，我收到过这样的留言：“生完孩子后我跟我老公分分钟想离婚！”虽说可能是玩笑话，却引来了一堆“我也是，那个浑蛋！”这样的回答……）

对很多人来说，生完孩子后两个人的关系确实变了。但除了我不理智的崩溃之外，詹姆斯和我依然相处融洽。我可不会在脸书上写满“我爱你宝贝儿，你是我的依靠，我的知己，你让我变得完整”（因为你知道，我可以直接告诉他），但在我写这本书的时候，我意识到嫁给这么好的一个男人是多么幸运。在糟糕透顶的孩子吃饭时间，在无眠的夜晚和处理所有垃圾事（有时候是真的垃圾，有时候孩子的屁屁就在地上）的过程中，我们经常发现我们两人又哭又笑，或者在厨房里一边洗碗，一边听着收音机的音乐享受片刻。（天佑之心频道会播放 N-Trance 乐队的《给你自由》和 Charles & Eddie 乐队的《我会对你撒谎吗？》这样的歌曲，绝对经典。）

我知道我确实老是抱怨孩子。我抱怨是因为有些时候简直太难了，不是吗？但是关于我和詹姆斯怎么样，我们的婚姻怎么样，生孩子给我们俩带来了什么，这些方面我真没有任何可抱怨的。我们都很好。

不过，儿子们改变了我们的关系，而且我估计不只我们家是这样。

## 关于做爱

我认为做爱频率降低不只是因为做了父母，更是因为结婚或者在一起年头多了（生亨利时我们已经在一起七年了）。生活很忙碌。在孩子出生前我们做爱也不像兔子那么频繁，除了在一起的第一年，在国外度假和试图生孩子的时候。我没有一个关于什么是“正常”性生活的具体概念，只能猜测我们的就算是正常。

我们有时候做。

也有时候，我们太忙或者太累了。(好吧，是我太忙或者太累了。)

有时候，我宁可穿着睡袍坐在那看《小镇疑云》。

有了孩子，也没有让做爱不那么频繁的状况有所扭转，事实就是如此。对于在生完孩子头几个月的做爱我评价不了，因为实话说，我不知道。那些日子湿漉漉的乳垫和超级肥大的裤子让我根本没心情做爱，如果我能有半个小时躺一会儿，我只想睡觉。我听到其他妈妈说生完孩子几周就和丈夫开始亲热，那真不错。我自己只是觉得，至少在几个月内，不把缝针和取胎盘跟下边那儿联系起来太难了。(也许我说的几个月指六个月。)

即使现在一切恢复了正常，做爱也很少会成为很重要的事。实际上，我收到的大部分留言，和跟别人面对面地聊天都证实了这一点。这也让我想到了做了父母后，做爱的一些滑稽时刻，比如：

- 趁孩子睡觉时试图做一会儿，结果却听见他在隔壁咕咕咕咯咯咯。“妈妈，妈妈，妈妈，瓶子！”心情全没了。
- 还有同样毁心情的事，一个刚会走的小孩逛进屋里看见妈妈和爸爸在“摔跤”。更糟糕的是在“最关键”的时候不得不停下，因为你们有人必须要下床了。(感谢杰森在推特上分享这个特殊场景——我不免想到你在即将最享受的时刻带着一定的焦虑，必须承认，这样对谁都不健康。)
- 在超市买东西的时候认真地想今晚能不能做。“我们今晚做爱吗？”“你知道咱们还有皮塔饼吗？”百分百是这样的对话。最好搞清楚是什么情况，再决定用不用费事洗澡和（或者）录下想看的电视节目，对吧？我们不能即兴做事。
- 当你筋疲力尽时，会有以下三种情况：

a）虽然都计划得好好的，两人却都睡着了。

b）省掉前戏草草做完（你知道的）。

c）虽然很想做但谁都懒得费事，所以都半穿着睡衣做。我确定"舒适快捷"睡衣从来没登上过《摩登》杂志"两周一次做爱姿势"栏目，但孩子还小的父母实在无力羡慕那些使用新奇姿势的牛仔和女郎，以及他们做一回爱三次性高潮，能比吗？能吗？

- 做爱后冲向厕所（你知道的），为了不吵醒孩子绝对要轻手轻脚。
- 孩子一样咯咯笑地回忆起你们不是在床上的激情，偶尔在沙发上，还有那次在更衣室……老爸，别看了……

## 有孩子后的二人世界

受影响的不光是做爱。孩子一出生，夫妻二人共度的任何美妙时光都不存在了。有时候，我们最爱对方的行动，就是其中一个照顾孩子，好给对方五分钟的安宁。如果我打算安静地享受洗个澡（或者上厕所），或者早上六点半还不起床，詹姆斯就要哄孩子。

偶尔他会说："宝贝儿，你睡会儿觉吧。"我看着他，就好像他递给了我一张中奖的彩票，或者给我买了我最爱吃的零食。他可真爱我。家里有了小孩子，睡眠就变成了最宝贵的东西。当我一个人带孩子的时候，我真的想用家里的各种物品来换睡上一觉。我猜，希望不受打扰睡一觉的，一定不止我一个人。

同样，如果詹姆斯想看半场球赛，而不被亨利用一把激光剑打头，同时不被来自婴儿学步车[①]的噪声打扰（"欢迎来我们的少儿学

---

① 原文为 VTech，是一个英国婴儿学步车品牌。——译者注

习农场，这里有很多可以给你们参观的东西！”）的话，我必须带着两个可怕的小东西离开客厅。我知道我们关系好才有这样的默契，互相给对方一点休息的时间，可这就像倒班，我们俩从来不能一起休息。

而当你们终于发现，有了一段没孩子的梦寐以求的时间的时候，也许在一个不错的餐馆，你们会做什么呢？我们会用 30 秒吃完美餐（潜意识里已经习惯了没法好好吃饭），然后用一整个晚上谈论……孩子们。

“你告诉祖德别爬婴儿车的时候他知道他在淘气，所以他冲你坏笑，是不是很可爱？”

“我给你看了亨利在沙坑里的照片吗？在手机里，等下我发给你……”

我们意识到我们全身心关注的都是孩子，而且无比想念他们，所以愉快地结账回家看他们睡得怎么样，然后我们也早早地睡了。通常，是完完整整穿好睡衣的。

我真“高兴”，我的小儿子在图书馆等到静得能听到一根针掉地上的声音时才问：“为什么那位女士长胡子呢？”

**凯莉·诺福克的留言**

# 松弛的盆底肌和萎缩的乳房

我实在低估了生养孩子对我身体的影响——在怀孕期间和生产后那些“有趣”的生理变化。我说的“生产后”，恐怕指的是永远，因为一些变化几乎不可能复原，除非去哈利街[1]。

任何提及“产后身体遗留问题”的讨论，在我听起来都很刺耳，所以每当在超市看到杂志封面上的大标题《名人母亲只用七天就减掉了肚子上的脂肪！》时我都会竖起中指。我当然不是只用七天就减掉了我肚子的脂肪（我花了半年多才恢复到生孩子前的体重），不过我觉得我在“减掉怀孕增重”方面做得还不错，如果忽略掉我还在穿第一次怀孕时为了舒适而买的特大号孕妇睡裤的话。产后身体的变化不光包括需要减肥，老实说，体重基本上是唯一在我孕前和

---

① 英国伦敦的哈利街区，是英国著名的“百年医疗街”，那里全是全球顶尖的私立医院，还有很多高端医疗美容服务机构。——译者注

产后还能相似的地方。别人经常跟我说：“你身材恢复了！”还有：“都看不出你生过孩子！”这让人很得意，可惜这些人没有看见我裸体的样子，他们也不知道和我一起开车出去，会因为我要上厕所而不得不中途停车四次。我自己的身体知道我生过孩子的秘密，它藏在我之前穿过的牛仔裤里。

不过了解到很多女人在产后出现了严重的并发症，我觉得我算很幸运的了。我想我的身体变化完全算不上是“遗留问题”。

所以我对产后身体的观察不过如此：对自己身体的观察。我也希望永远别碰到你们——永远不要——如果碰到了你们中的任何一个人，那咱们就一起忘掉我将要分享的太多可怕的事实吧。下面就是……

### 我没胸了

亨利和祖德几乎吃掉了我的乳房。其实就算在我怀孕和哺乳期间，即使不戴文胸我也还有不错的乳沟。我真希望当时拍些照片，或者买一套那种产后专用的束腹美胸神器。

总之，我乳房的丰满好景不长，现在我确信我又小又干瘪的乳房，可以塞进我青春期前的运动胸罩里。“一只手握不住的都是浪费”，很明显——你能一只手握住我的两个乳房。

实际上我也不是过分在意。像男人一样的小平胸不算什么问题。但是我确实得重新量尺寸买些新的胸罩，因为目前我真能把家里的一只小宠物妥妥地放进我胸罩和乳房的空隙里。

再见了，丰满的 C 罩杯，你的时代结束了。

### 我憋不住尿

以前我对于自己能憋尿的本事很是骄傲。在假日严重堵车的长途旅行中，我会说："用不着现在停车，咱们至少开上 M4 号路。""下一个服务站还有三十英里"的牌子就能提醒我了。在停车前我甚至还会继续喝水，因为知道很快就可以上厕所。有一次，我开了八小时的车也没想上厕所，而且我从来不需要起夜上厕所。总之，我憋尿的能力非常强。

我确实有点怀念那些日子。

生了亨利以后我还算可以，但生了祖德之后，盆底肌受损有些严重，只剩下原来百分之五十的憋尿能力，甚至有些日子我都怀疑它还在不在。有人告诉过我"在看《凯莉日记》的时候锻炼半个小时盆底肌"，我确实试了，但我总是分心。

我应该更努力地锻炼。如果你读到这儿而且你怀孕了，我建议你现在就开始锻炼。挑战在于，锻炼的时候如何表现得若无其事，就像往海里撒尿一样要假装漫不经心的样子（也许你知道，一个人往海里撒尿的时候是什么表情……）。听我的，他们吓你的那些关于膀胱机能变弱的屁话是真的，就是说现在如果我想上厕所，我就必须上，虽然现在我不需要用护垫，但经常性地，如果我不赶快去厕所，尿就会流出来一点点。在我带亨利去公园的时候，或者跑着上楼时，都会出现这种情况。跟缩水的胸比起来，漏尿是个大问题。

## 下体的情况

除了盆底肌的问题，身体下边的情况还算好，不过一切也不同了。就是不同了。你一定听说过三级撕裂、缝针和器官下垂的可怕故事，所以我又一次感觉自己勉强还算幸运，但大家都有故事，我也不例外。

"还是缝针要好多了，整洁得多。"有人说。整洁？也许吧，但是老实说，第一次给我缝针的大夫的目标似乎不是"像原来一样"，而是

"像处女一样"。因为我从来没想过，生完孩子后会有下体太紧的问题（事后证明缝得确实太紧了）。生完祖德我没有缝针，我也不知道这决定是不是对的。我记得助产士当时说我应该缝几针，不过我想我们都因为太关注胎盘的问题给忘了。

所以我现在还"完美如处"，如果你懂我的意思。十分我给自己打七分。就这样。

## 妊娠纹

生完亨利我没有任何妊娠纹，这真让我松了口气。看了防止妊娠纹的广告之后，我在怀孕期间非常认真地给自己涂了防妊娠纹油。而第二次，我没有时间，也不想麻烦了，加上从胸到屁股这样涂油很费钱，所以我想我也就漫不经心地涂了一两次婴儿润肤油。防妊娠纹油大概对我很奏效，因为第二次怀孕的后期，妊娠纹出现了。但是我很怀疑，与其说是因为我很少涂防妊娠纹油，不如说是因为祖德在我子宫里多住了一周（还有事后的增重），让我肚子出现了那些紫色细线一样的东西。大部分在胯部和大腿内侧。我的大腿！为什么在怀孕期间变粗了那么多，真不明白，但是现在大腿内侧银白色的波形线，就是怀孕留给我最明显的印记（当然，除了孩子）。

我知道社交媒体上有一些"宝妈产后身材恢复"活动。我觉得这不错。她们甚至直接挑战"比基尼"广告中的模特身材，这让我想祝贺所有参与者。但是我从来没像她们那样，觉得自信到足以分享"我是一个赢得了这些条纹的虎妈"——那种发在脸书上的妊娠纹的图片——因为我是真心不想要这些条纹。

## 整体健康情况

我对前面提到的这些身体问题至少有一定的思想准备。没有太多的惊讶，除了在一个充气城堡上蹦跳时会有尿湿裤子的风险。

我最低估的大概就是生孩子对我整体健康的影响。不是心理健康（在早期的那几个月无疑很受影响），而是身体上的疲惫。

时时刻刻都觉得有些疲惫。

如果要算生完孩子后的最初一年，有多少天我不是百分之百的感觉良好，我得说至少有三百六十四天。作为一个新手妈妈，如果你在很短的时间内就恢复了健康，我会很惊讶。不管孩子是怎样生下来的——剖宫产，产钳，在大血盆里——我保证不管过了多久，你都会有这种像刚经历了一次被大卡车撞到的感觉。

但你还是要坚持下去，即使刚生完孩子就像带着一袋财宝被扔进了深渊一样。几个月后，平均每天 3.2 小时的睡眠会让你感冒和嗓子疼。没人警告过我，生孩子会带来随时崩溃的感觉，甚至每天只有百分之六十在状态，除非喝一杯加汤力水的杜松子酒。

实际上，就算是有人之前警告过我，我也只会想：“不，我不会！”

所以也许没告诉我更好。尽管我觉得，我真该认真对待一边看《凯莉日记》，一边做盆底肌恢复锻炼这事。

早些年我把做母亲这事看得太重了，所以过得很不开心。后来我发现大笑是最佳良药。

**亚历克斯·多金的留言**

# 有孩子以后的夜生活

噢，我大不列颠的夜生活。曾经，它意味着豪饮兰布里尼酒，泡完酒吧泡夜店，品尝美味诱人的烤肉串，以及第二天端着可乐和盐醋味薯片在床上游手好闲的美好场景。

让人无比郁闷的是，一旦为人父母，这些都会改变，现在外出过夜生活的机会少得多了。即便真有机会出去，如今我身为人母，不可能过当年不计后果大口喝酒，尽情狂欢的夜生活了。

那时候，我常把一天中最好的时光用来晚上的出门。有时，如果要参加一个较为正式的活动、派对或者婚礼，我会提前一天就开始准备，包括涂指甲、去角质，或把皮肤涂成像是晒了日光浴的颜色。如果赶上周六，还会包括午后小睡，接着泡个长时间的澡，再来点培根三明治填填肚子。

在那些辉煌的日子（2003—2011），和闺密们出去尽情玩上一晚既包括提前的准备，喝自制鸡尾酒，也包括实际在外度过的时光。

从我们全部挤进一间屋子开始便觥筹交错，直发器和香水有了用武之地，我们悠闲打扮时的背景音乐来自亲吻频道，或是劲歌 2005。我们会讨论男孩的短信，会交流打扮的小窍门——那时候视频网站上还没有造型指南，你只能涂当天早些时候，刚从美妆连锁店买的古铜色粉底液，再配上口红。还记得有时候我明明已经收拾好了，却在最后关头决定换衣服或改发型。纯粹因为好玩。

那个时候我可以这么做。

如今这却显得可笑了。我几乎想扇那个做母亲之前的我一个耳光。那张饱睡之后的脸，仿佛在说："我决定不了穿哪套性感的衣服，不过没关系，因为这次没挑的那身衣服，下周重做这些事的时候我也可以穿！"

跳回到现在，不再有为了出门作冗长的准备，也没有了午睡。（哎！）不泡热水澡了，也不去美妆店买新口红了，不敷面膜也不用发膜了（不错，我以前都会做），不会把皮肤涂成海星的颜色，冒充刚晒过日光浴的样子招摇过市[①]，还要竭力避开橘黄色的腋线。现在，在我急匆匆洗澡的时候会听见客厅里亨利在喊："妈妈！妈妈！我能吃块饼干吗？你能让我看史努比吗？天行者卢克的裤子掉了！妈妈。妈妈？妈妈！"同时祖德会推开浴室的门，试图抓我的脚腕。

我好多年都没有给皮肤去角质了（我大概全身都是死皮，如果有时间用搓澡巾好好搓一搓的话，我八成能轻好几斤）。至于最后一次化日光浴效果的妆，则被亨利迫切的大便要求给打断了，这让我的"日光浴"效果从锁骨开始在膝盖处结束。

普通一天的"努力"包括，在最保险的牛仔裤套头衫组合的基

---

① 在我的辉煌时代，我根本不把"长腿或是乳沟"的规则放在眼里，我总是想露就露。想到这些，我不想再对生孩子前的自己扇耳光了，反而想和她击掌致意。那时候的我年少轻狂，我爱那个时候的自己，而且我每天都会想念那个时候的自己。——作者注

础上，搭配一条花哨的围巾，弄平额前三分之一的头发，我只需要30秒就能做好这些，同时一条腿上还吊着个宝宝。这是顺利的日子。其他时候，我用婴儿湿巾把呕吐物从腿上擦掉，却在从药店回来后才发现出门时下巴上粘着牙膏或是牙缝里有甜食渣子（我知道我吃的是儿童麦片而且那很不健康）。

所以一个日光浴妆化得非常糟糕的我，偶然晚上被邀请出去会怎么样？为了和成年人聊天，喝酒，我要拿一个得体的手包，比如一个小巧的方形晚会包。而不是一个塞满了各种乱七八糟婴儿用品，毁人身材的妈咪包。

然而对新手妈妈来说，晚上出门却总是不可能完成的任务。在解决了孩子临睡前的大混乱（已经比预计的出门时间晚了半个小时）之后，我得找一件能穿的衣服。祖德出生后我第一次晚上出门时（一个正式的社交活动，不是跑去看婴儿床上用品），极为错误地选择了在最后一分钟试各种可能的穿搭。

真见鬼。

就算你生完孩子感觉良好，也没什么比把略微胀大的乳房，以及毫无美感的哺乳胸罩，塞进当年曾经出门穿过的裙子里更会让你颤抖着尖叫了。就在这么一个夜晚，小祖德还在我们的卧室睡觉（他才五个月大），情况更加糟糕，因为我必须轻手轻脚地在黑暗中翻箱倒柜，找到能穿出门的衣服。

我没觉得自己准备好了或是有任何魅力，不过在差点气呼呼地发火说“我看起来像一袋垃圾，我不去了”之后，我决定，这些都不重要。重要的是我马上就可以把头发散下来并且出门，不用花一个晚上在家看苏兰·琼斯主演的电视剧（尽管必须承认她演技很棒）。我决定穿上一件还有点时尚的上衣和紧身牛仔裤，虽然这周已经穿过了。我不会让自己有时间能出门而开心的情绪，因为一身不怎么漂亮的衣服受到打击。

我翻出一些首饰，在楼下乱糟糟的储物柜里找到一双高跟鞋，带上一支口红（可能还是2005年在美妆店买的）。一小时后，我在一个酒吧里听着贾斯汀·弗莱彻的音乐，喝着杜松子酒和朋友们聊天。我享受外出的时光。

后来的几次外出，我的穿搭稍微成功了一点——随着孩子们长大，这变得容易了不少。不过请记住，生过孩子的话，你经常需要小便，连体裤可不是很好的选择，有一次外出我光上厕所就花了一半的时间，因为要脱成全裸才能上厕所。决定穿连体裤出门的时候我在想什么啊？通常，如果我能穿没有沾满屁屁霜或者酸奶的衣服，我就谢天谢地了，要是能再聊点正常的内容，你知道，我说的正常就比如，酒吧的音乐其实成了“背景音”，而你已经喝大了，不知道在聊些什么，那就再好不过了。

有孩子以后的夜生活就是像这样的。实打实地离开家，实打实地离开喂孩子、打扫、消毒，同时一边看电视一边刷脸书的生活。只要我的衣服还算时尚，包里有点化妆品，一出家门就是胜利……

失落感会在第二天早上五点十五分准时来临，因为在那个时候，逃离每日琐事、和远比我酷的人一起喝普罗赛克葡萄酒的幸福感，已经完全退去了。当只睡了四个小时就醒来，而且有一股头晕嘴麻的恶心感，听到宝宝说他要大便的时候，我知道我不可能躺在床上一边吃薯片一边喝可乐了，因为我跟别人约好了要去一个室内游戏派对，并且负责带孩子们玩“血腥包裹传递”游戏。

有了孩子之后，夜晚外出娱乐最糟糕的一点就是，第二天你要承担短暂自由的后果。

生活必须继续。

唉，哪怕这夜生活的自由可以延续到第二天吃早饭呢！

# 可怕的室内游乐场[1]

室内游乐场让家长们或爱或恨，有时候又爱又恨。我第一次听到“室内游乐场约会”就露出了痛苦的表情，之后我却开始爱上了这种地方。如果你不知道我在说什么，设想有一个巨大的房间，一般没有窗户，像一个工业区，但从地面到天花板塞满了各种软体玩具和滑梯。一般都起名叫“儿童丛林”或者“疯狂孩子地带”。这是个可以让家长聚会，同时让小孩疯玩的地方。为什么？你可能会问。这种地方听起来可能像但丁的地狱，但它能让朋友会面，同时又有足够多的活动让一个孩子疯玩后能安稳睡觉，好让大人们看《女作家与谋杀案》。这也算是换个环境——一个黏糊糊、臭烘烘、过分吵闹的环境，不过有时候，我能接受。因为在这里我有事可做，不用

① 原文为“Soft-play Hellholes”，是类似于中国常见的淘气堡。——译者注

又在客厅待一个下午。不过你要做好心理准备，肯定会有屁屁。以下是在室内游乐场我所能预料到的一些事情……

- 一进去，你所有的感官都会超载。视觉，听觉，嗅觉。孩子会立刻像猴子一样横冲直撞。你会觉得自己将在这个尖叫的到处是 Hello Kitty 裤袜和鼻涕的大海里淹死，不过半小时后你就习惯了。
- 持续兴奋的尖叫会融入整个“交响乐”，“交响乐”中也会掺杂一些惊慌的喊叫：“你要撒尿吗？”还有你自己的：“不好好玩我们就回家！”
- 你的袜子会湿，这主要是因为鲁滨孙水果射击游戏会喷水，但也可能是因为你踩到了尿或者呕吐物。我第一次在室内游乐场踩湿脚，是因为一个小孩在滑梯上拉了屎。这是有可能发生的。要顶住。
- 室内游乐场里发生的一切，会让你明白为什么你会很讨厌别人家的孩子（有时候，老实说，也包括自己的）。他们像野人一样疯跑，而最让人生气的就是那些大点儿的男孩和女孩非要在幼儿区猛冲。“这里写着五岁以下，你这孩子。”
- 要知道老板要赚钱。这是生意，而不是给不能忍受待在自家客厅的妈妈们的避难所。所以你会被鼓励去买要价过高的潮湿的三明治和一大罐难吃的南瓜。还有滚烫的茶，小心别洒在正在游戏区和翻跟头区之间乱跑的疯孩子身上。
- 游乐场须知上说：“孩子必须在所有时间都被看好”。哈哈哈哈。这不可能。有闲散的父母错把“看好”理解成让另一个孩子的家长去做，而他们自己通常坐在塑料椅子上漫不经心。你不停地把小萨米抱过又湿又软的台阶，或者告诉大男孩比利别用胳膊肘打每个人的头，这些都不是你的责任。那些人难道以为你来这儿是为了管好他们不听话的孩子吗？难道你喜欢当故事里那个穿花衣服的吹笛手，去给乱走的孩子领路吗？你瞪着那个乱跑的孩子，对他大喊："你父母呢？"每个人都要受罪，这才是真正的游乐场须知。不过话说回来，我最喜欢的一段博文评论来自一位有两个年龄稍微大一点孩子的母亲。她评论说她已尽了她的职责，当自己的孩子还小时，她跑来跑去追赶别人的孩子，所以她现在有资格放松一下，喝杯热巧克力，看《热力》[①]。"我服役期满了。"她写道。这让我对未来燃起希望。

- 千万想好你穿什么去，别穿低腰牛仔裤。你很可能需要到游乐场最顶层去救人，你得爬五英尺的网绳去把孩子弄下来，这样很容易露出你的后腰。生孩子后，大部分时候我还是穿着很"迷人"的孕妇裤[②]。也别穿低胸上衣。有一次我的一个乳垫掉进了海洋球池——我可能忘了扣好胸罩，或者我根本就忘了把乳房重新塞好。也不知道那东西是不是还在那儿……想想还有什么被埋在那堆球下边就让人害怕：丢失的乳垫、发带、膏药……必须承认，最合适穿去这种地方的衣服是紧身裤和T恤衫，或者高腰牛仔裤。还要记得带袜子……就像上面提到过的原因，毕竟穿湿袜子很可能让你得脚气。
- 你能和朋友"叙旧"的时长是每次十秒钟，其中夹杂着孩子的吃饭、拉屎和表现问题。"其实我想找份新工作，可是——你能不爬滑梯吗?!——我告诉你在警察抓克莱尔的时候发生什么了吗？"她瞳孔都扩张了三厘米，然后——"马上过来，妈妈现在非常生气！"最后，你了解了朋友生活的最新消息之

---

① 原文为Heat，是英国一个以名人新闻，小道消息，时尚内容为主的大众杂志。——译者注

② 原文为M&S，是英国一个纯棉内裤品牌。——译者注

后，也该走了。

• 毫无疑问，孩子们并不想离开这嘈杂的鬼地方。他们可能会哭闹，或者抗议性地跳进大迷宫。所以你得准备好用一些不健康的零食把他们哄骗上车。等回到家，还必须给自己来点冰镇葡萄酒。

我应该说明，如果你前一天晚上喝醉了，第二天去游乐场可比待在客厅里糟糕得多。那简直是灾难，还不如在家看《超级大坏蛋》呢。

我讨厌室内游乐场。它并不能锻炼孩子的协作能力，甚至玩什么都不用商量。在这里只有一群吃饱了没事干的孩子不断用塑料球把对方打到最疼，忍者式的蹦床乱跳，或者从滑梯上突然地向毫无防备的小孩发起三面进攻。简直就是幼儿版的《蝇王》。

**乔安妮·桑德兰的留言**

## 真是乱糟糟：都怪那些玩具

我都不记得有多少次詹姆斯和我痛苦地看着家里的一片狼藉。都说家是心灵的港湾，虽说已经住了三年，但目前我的心可不在这个家里。我们吃住在这里，可一周中至少有四天，我得求孩子们安静下来不要到处乱跑，这和我们想象中的家太不一样了。

也许我们买这套“精装房”是愚蠢的——但这是我们当时唯一买得起的，所以尽管复合木地板有股发霉的味道但我们还是买了。它起码有必备的设施（三间卧室，不是在贫民区），虽然远不够理想（没有浴缸，没有杂物间，没有任何实用的储物设施，没有停车的地方，还有可怕的20世纪70年代流行的像生殖器一样的蘑菇图案瓷砖），但是我们看到了它的潜在价值。

可惜，有了孩子就没有时间修缮房子了。那时候没细想导致我们现在陷入了永无止境的拖延：“我们周末就动手。”“我们下个月开始。”“我们明年夏天想办法。”三年来，这些从未实现的计划重复地出现在我们的生活中。有时候我根本不在乎了，这房子还能住就行（但归根结底比较烂）。有时候，因为有孩子而没法赶快修好什么东西的沮丧，会让我很生气。而且，我发现詹姆斯也一样（所以才有我们痛苦的表情和一次次的叹气）。

没有孩子的时候，我们绝不会容忍一个几乎不能用的水池，或者一个没灯泡的吊灯（我们本该在入住时检查池子是否漏水和灯泡是否合尺寸）。我们以前绝对不会因为百叶窗掉了，就用一个旧床单来代替（我们也应该早在两年前就研究更坚固的百叶窗安装方案……）。没孩子的时候，如果有人建议我给厨房里难看透顶的红木厨柜刷漆，我会当面嘲笑他们（没人会那么懒；怎么能将就一间只刷了一半的厨房，我的天……好吧，那也是明年夏天要做的事。）我们俩连不被孩子打扰地放个屁都没时间，我估计这越来越长的要做的事情清单，会被无限拖下去（至少等卖房子时，房产中介说那些看起来像阴茎的瓷砖确实必须换掉为止）。

还有总体的混乱。家可能不是心在的地方，但一定是所有破烂都在的地方。每当我们说“看看这个破地方”，我俩对于造成这无限混乱的根本原因——玩具，有着共同的痛恨。

除非你有条件安排一间游戏室（未来的目标），不然一个本来不乱的生活空间就会变成早教学习中心，还到处撒满了葡萄干。你可以试着花一天的时间把它打扫干净（把东西放回各个玩具储藏箱），但很快你就会发现这完全是徒劳。每当我听见乐高方块掉到地毯上的脆响，我的心就会跟着碎掉一块。虽然我试着全捡起来，但我知道，只要去检查亨利睡没睡觉，我一定还会再踩到一块。（“晚安，小天使。好好睡，爱你——喔噢！浑蛋乐高！”）我总能在意想不到的地方发现玩具：超凡战队在浴室，土豆先生的耳朵在我的手提包里，有一次我在床上发现了巴斯光年。

这可不是我对玩具唯一的抱怨。实际上，我列了一长串讨厌玩具的理由，可能是因为我刚刚又被乐高积木块扎到脚，疼得不行……

## 我讨厌玩具的理由

你没法让它们消失。每当你准备把孩子不爱玩的玩具装箱，打算捐赠、卖二手，或送给隔壁小孩时，这些被遗弃很久的玩具就会立刻变成世界上最好的玩具。箱子最底下他从来不玩的塑料拖拉机会是最好的玩具！只剩一半的小公主索菲亚的茶具，一直在书架上招灰？也会是他最好的玩具之一。（我只好打算深更半夜悄悄地把玩具处理掉，可是亨利竟然能发现。我猜他每天早上会盘点他的玩具。）有个朋友和我谈起，有次她收拾出“一堆破烂”给学校义卖，结果她儿子死活不干，她非常崩溃，只好又花钱把那些破烂给买了回来。我笑出了眼泪。孩子们就是神奇。

这些玩具的包装之烦琐简直可笑。拆开纸盒、塑料和金属绑线，有时候还需要螺丝刀才能把孩子的圣诞玩具解救出来。我曾经搞得满头大汗才把变形金刚拆开。为什么要这样弄？我以为这年头人们已经在试图减少垃圾了。

电池从来没有够用过。除非你是个很有条理的妈妈，把电池存放在蜡烛和空白贺卡旁边的盒子里（我没有这样的盒子，所以我们家过生日总是很滑稽），永远都缺电池。我们只能牺牲 DVD 遥控器里的电池，好让消防员山姆继续进行海洋救援中心的工作（“亲爱的，今晚看不了录像，不过至少消防员山姆能守护威尔斯邦迪的安全了”）。当玩具有电池时，就更烦人了。我不得不把小熊艾尔菲的电池拿出来（如果你没有这个玩具，我建议你不要买）。不是艾尔菲的错，可是，连续五个小时都在唱“我是一只友好的发光小熊，我会教你一二三！”，我真得去找螺丝刀卸电池了：“你现在不那么友好了吧，艾尔菲？”它现在哑巴了，被扔在玩具筐里（但还是世界上最好的玩具，亨利的最爱之一，不容置疑）。

玩具坏了孩子就会哭。杂志附送的免费玩具和一元店的塑料玩具通常都会坏，坏了之后就是孩子失望的眼泪和我们自己都不信的“我们一会儿会修好”的许诺。我有一抽屉“一会儿就修好”的可怜玩具在傻等着有人买强力胶，永远不可能——我们会把它们扔掉，不过接着又是“看看这地方多脏多乱”的对话，像上面说过的，恶性循环。

有上百个零散拼块的玩具总是会丢零件。我发誓我拥有很多不属于任何一个拼图或玩具套装的零件，它们像幽灵一样随时可能出现——可是我不敢扔掉（因为玩具清点）。同样，也有找不到了的玩具。向把电话固定在婴儿学步车上的人致敬！可是那些吱吱响的鸡蛋哪儿去了呢？如果你有个好奇的孩子，他可能会把小积木块吞进气管，那些玩具的小零件就是实实在在的安全隐患。我总是在大喊：“别放在地上，你弟弟误吞了会噎死的！”

这些玩具太乱套了。就算我们开始行动（而且修好房子），也还是避免不了这个问题。一个花花绿绿的拼图泡沫垫可一点都不时尚。理想的家绝对没有太过显眼的摩比回收卡车，或者唯恐被忽略的儿童跳跳椅，不是吗？不如忘了你曾设想好的任何室内设计方案——除非你的目标风格是“塑料玩具杀手时尚风”。

这些玩意儿还贵得离谱。除了一元店的东西（买这些是为了让孩子们在去服装店[1]和药妆店的路上别哭别闹），其他玩具一概贵得可笑。我实在不愿意花那么多钱，买些很简单的玩具。一旦买了某

① 原文为 Next，是一家英国著名的连锁服装店。——译者注

个动画片里的东西，你的小孩很有可能马上丧失对它的兴趣。“我不喜欢小小消防员山姆了，那是给婴儿玩的。”什么？耍我啊？然后等到要清理的时候——他又马上说那是他最喜欢的玩具……

这里我想对所有比我先做父母的朋友说对不起。特别是，我给你们的小孩买了橡皮泥、手工制作集，还有包含了成千上万组合片的玩具。我以为这些可以是在一个阴雨的周日下午，你们拿出来跟孩子一起玩的有趣的东西，之后再放回原处，不会乱。买的时候我并不了解这些。请原谅。

什么词也无法形容深更半夜一脚踩到过家家套装玩具里那只带犄角的小牛上的痛苦。

**劳伦·康沃尔的留言**

# 我以为我当了家长不会做的事

“他们那么做的时候你不反感吗？”我曾经笑着问詹姆斯。那是我们讨论家长们各种烦人习惯的时候。我坚信我永远也不会那么做，无论“那”是什么。显而易见，那时我还没有孩子。

## 我抱起孩子闻他的屁股

不是全身快速地闻一下，而是把脸深埋进他睡衣的屁股里，深深地、仔细地吸一口尿不湿的香气。没孩子以前，我听一位妈妈说过：“你能闻出来那是不是你孩子拉的屎。”我曾偷笑着想她的生活真够惨。三年后，我可以很自信地说，如果有个闻二十条尿不湿的测试，我肯定能找出祖德的。他们应该把这测试加进《心慌方》[1]里。

---

① 《心慌方》，一部讲如何通过各类线索破解迷宫的电影。——译者注

## 我管丈夫叫“孩儿他爸”

（不，这一点儿也不奇怪。）我特别努力地不这么做，不想变成那些乐呵呵地只作为“孩儿他妈”“孩儿他爸”存在的夫妻。可是时不时地，我就会让自己失望，我会问詹姆斯：“孩儿他爸，想喝杯茶吗？”不过孩儿他爸对于失去了自己的名字倒并不在意。

## 我不像以前那么注重自己的外表了

不是所有时候——有的时候我更注意了。（我特别注意的时候是指，知道要见在怀孕前就认识我的人的时候，因为我最害怕的就是他们说我“活得没有自我了”。）但是天天和孩子在一起很妨碍打扮，有时候我连腿毛都不刮。懒洋洋地又穿上那件舒服的、带着油渍的帽衫，站在厨房直接从烤盘里拿出鱼块塞进嘴里，在那些时候，我的结论是，没错，我真活得没自我了。

## 我撒谎

有时候，说句谎话是解决问题的唯一方法。“你看，面包房关门了，宝贝，所以今天我们吃不成蛋糕了！”我一边说一边急匆匆把孩子从开着门的面包房门口带走，因为我没有能理直气壮、直截了当地一跺脚说“不行”的家长权威。

好在我发现我不是唯一一个，偶尔通过稍稍歪曲一下事实来结束一场无休止的对话的人。我一个朋友最近在脸书上发布了一篇她和她三岁孩子的对话，题目是《我真的怕了……》：

切斯特：爸爸小时候是和爷爷奶奶一起生活吗？

我：是啊。

切斯特：那我在哪儿呢？

我：你哪儿也不在，你还没出生呢。

切斯特：我大吗？

我：不。

切斯特：我小吗？

我：不。

切斯特：我在丛林里吗？

我：对对，你在。

### 每次看到朋友或亲戚的孩子我都会评论：“哎呀，他现在都长这么大了！”

毋庸置疑，孩子都会长大，不是吗？每天都在长。如果你六个月没见你的干女儿了，那她很可能长大了不少。即便如此，我总是想说：“她现在都长这么大了！”或者：“看他们俩长得都多大了！”社交场合这是通用开场白。对此我实在觉得乏味。

### 我胡说八道，一本正经地胡说八道

详细谈论既没意思，也不特别让人愉快的事情成了我的才能。比如我相当爱和詹姆斯详细地谈论孩子们大便的多少、颜色、浓度：

“这个够恶心，看，里边好像有小黑虫子一样的东西！”

“我觉得他拉出了香蕉。昨晚也是这样，所以我在谷歌上查了。”

“我非常希望这些大便更硬一点。”

“我也是。”

“咱们太悲摧了。”

也许我们开始讨论这些乏味的、关于尿不湿里的包含物和其他无聊的事情（祖德什么时候睡觉、亨利午饭时吃了多少三明治，以及近来是干燥的好天气）是因为我们发现，在小孩乱跑的时候试图谈论任何成人的话题都没有意义。

偶尔我们会忘记这点，开始认真讨论工作会议、按揭利息或周末计划，但是，每说三个字就会被打断，加上还要躲避在头上飞来飞去的玩具，非常容易忘记自己本来想说什么。

### 我“贿赂”孩子们

“我永远不会贿赂孩子。”有一次我说。哈哈哈哈。贿赂是我学会的唯一效果良好的育儿“技巧”。我也并不是唯一这么做的家长，99%[①] 的家长都把贿赂当作最有力的一招。哪个表现良好的小孩不是冲着父母给买小猪佩奇的面子呢？至于不用这一招的那 1%，一定是用了魔法。也许我们不用对自己那么苛刻，这个技巧应该改改名字：我们并不是在贿赂孩子，只是在利用强制、协商和奖励的手段，我们在告诉孩子他们的行为会有什么后果。比如：

“把沙拉吃了，你就可以吃块饼干。”

“如果在‘嘿！让我们玩’表现得好，你就可以吃块饼干。”

“如果妈妈给保险公司打电话时你不捣乱，妈妈就给你一块饼干。”

可恶，反正总得有一块饼干。我现在真的很担心孩子们的牙齿，所以以后我要控制一下饼干数量——算了，我还是多给他们刷会儿牙吧。

---

① 并没有科学研究或者民意调查表明；事实上，这是个完全未经证实的数据。——作者注

### 我大喊大叫

在家里，在车里，在商场。我知道这看起来有点难堪而且从来解决不了问题，但是在糟糕的日子里，我就是这样的。作为一个家长，不发火太难了。

### 我还唠叨……

我就像一张破唱片，重复着没人听（孩子们尤其不听）的教导，比如“有人能安静点儿吗？”“好好玩！”还有“除非你们不再哼哼唧唧了，不然我们哪儿也不去！”最后这句是出门时说的，而他们还在哼哼唧唧，因为我看去哪儿都比困在家里好。

### 我虚张声势地威胁

除了给这些小浑蛋出门时的一般性警告，我发现自己经常会发出一些夸张的威胁，既不可能实现也不明智：

“好，我不再重复了，这一周不许看电视！”（刚说完我就意识到自己错了。）

“我马上就给圣诞老人打电话，让他把你的名字从送礼物名单上去掉。没救了。”（这是多傻的话，而且刚八月份。）

> 我永远都在说：“我再说最后一遍！”实际上，我当然会在五秒钟之后再说一遍。然后，在睡觉之前每五分钟都说一遍。
>
> **尼可拉·巴恩斯的留言**

“我要把你最喜欢的所有玩具都扔垃圾箱。”（亨利已经知道了妈妈有点儿神经质，所以只是等着我平静下来，然后安静地从我们卧室里拿回那些被我堆起来，说要扔垃圾箱的玩具。）

### 我用儿语说话

我给每样东西都起了昵称。牛奶是“牛牛奶”，瓶子是“瓶瓶”，尿不湿是“尿片片”，玩偶是“搂抱抱”或者“兔乖乖”。就在前几天我竟然对丈夫说（只是引用一下）：“如果你整理一下他的瓶瓶，我就换他的尿片片，找他去搂抱抱。”这种说话方式很烦人，但家长就是这么做的。

话虽如此，毫不在意地享受这些孩子气的时刻很让人舒服。我早上起来去叫祖德的时候，会把他抱起来毫不脸红地说：“早上好，我的小天使葡萄萄。”我不知道他怎么就成了我的小天使葡萄萄，不过他就是了，而且还是个可爱的小天使葡萄萄。如果是在脸书上，我就加一个爱心的表情，还有一个小天使和一颗小葡萄。

我绝不会在上班时随口说出，“啊噢，我们的打印机机啊”。绝对不会。

**欧文·普尔的留言**

# 怀念从前并无大碍

我闲暇时最喜欢做的事，就是和詹姆斯聊我们在做父母以前的生活。谈话一般是这样：

“你还记得我以前说‘咱们出去散散步，呼吸点新鲜空气’，然后我们就会出去散步，呼吸新鲜空气吗？说去就去！用不着收拾一个包！不可思议！”

“你记得我们吃晚饭的时候，会聊白天的工作怎么样吗？你记得那时候我们聊的都是正事吗？你记得那时候我们能好好地吃晚饭吗？”

“你记得我们去多米尼加共和国，除了坐一辆他们那儿标志性的、像怪物似的卡车去甘蔗种植园，整整三周我们除了游泳和日光浴什么都没做吗？三周！我们甚至在下午做爱！”

虽然我遇到过许多家长，也有着我这样“天啊，为了能休息一天我什么都愿意做！”的感觉，但我还是会怀疑，我是不是回忆太多次生孩子之前的生活了——特别是当我遇到一点儿也不怀念过去的父母们的时候。

**对过去的怀念大致可以这样打分：**

0 =“我不记得生孩子之前的生活了，也不想记得。”

5 =“我确实怀念任性地睡懒觉。”

10 =“我只希望安静地喝茶，没有两个孩子在脚边打扰，不用赶紧结束大便，我不想有打喷嚏会漏尿的问题，我不想只买得起廉价超市的洗发水。你还记得我们曾经有可支配的收入吗？你还记得我曾经有丰满的乳房，而不是像现在这样又小又干瘪吗?！”

没错，我是 10 分。

但我经常故意阻止自己回忆过去的好日子，因为一种熟悉的内疚感油然而生，我会给自己讲如下的道理：

持续不断地回忆过去，说明我后悔做妈妈，而且不珍惜有孩子的时光。

我总是不断地回忆过去。所以，我不够珍惜我的孩子们。

这当然是愚蠢的。我太珍惜我的孩子们了，而且——除了那些内心动摇、充满内疚的日子（做或者不做任何事，都让你觉得自己是个很糟糕的家长）——我不觉得回忆过去有问题。实际上，我甚至认为我们应该庆祝从前的日子，因为它们代表着：

自然率性

不受干扰的睡眠

看没有小黄人的电影

有值得打扮的事情

有时间浏览网页

有钱买东西

那些疯狂的夜生活，吃不卫生的烤肉，给被高跟鞋磨出水泡的脚后跟贴创可贴

一小时之内随便去哪儿

吃晚饭时没人哭闹

盆底肌功能正常

闭着眼晒日光浴

安静地读书（或者做任何事）

一个人吃一个大号冰激凌，不用把它让给一个把火箭玩具摔得只剩三分之一的小家伙……

当我两岁的孩子躺在商场自动扶梯最底下的地板上大叫“帮帮我！我卡住了！着火啦！快叫小小消防员山姆！”（他根本没卡住，也没着火）时，我无限憧憬地回想起，我曾经外出逛街，可以真正地挑衣服的日子，并且还能试穿，用不着急得满头大汗，用不着从婴儿车里把谁的脚脖子弄出来，用不着咒骂。

去年我胸部严重感染的时候（超级心疼自己），我忍不住想到以前感冒的时候只需躺在床上喝感冒冲剂就能恢复健康。我痛恨早上七点就开始在楼下看《米老鼠俱乐部》，在费尽力气给婴儿换上新尿不湿时会想：米老鼠怎么是这么一个大傻子。

每当天气预报说热浪将至，我总是忍不住回忆那些晒着太阳不用满心惦记婴儿会被晒伤的日子。那时我用不着跑来跑去给他们涂

厚厚的防晒霜，用不着不断地调整他们的太阳帽。（我们没想到第二个孩子生下来是这么……调皮。他都可以当《东区人》里男主角马克思·布兰宁的宝贝儿子了。所以让他好好戴太阳帽尤其重要。）

我真的怀念当妈以前的生活吗?

是的，很多时候我是怀念的。

当我的忍耐达到极限，当我筋疲力尽的时候，我多想回到从前的生活。一了百了。

但，我不是真的想回到从前。尽管事实是，我不再无忧无虑率性而为。尽管事实是，我很想吃一顿没有孩子在一边哇哇哭的饭。尽管事实是，我的盆底肌还完好的时候很舒服。但，除了劳累和咒骂米老鼠唱的热狗之歌，我发自内心地说，我不想回到从前。

更多的时候我是在庆贺我作为一个新手妈妈的生活，而不是回忆从前的好日子。每天都有当妈以后值得庆贺的地方，因为和儿子们度过的时光远胜过曾经的一切，所以回忆从前，并不表示我不忠于现在和儿子们在一起独特的生活。

我只是记得一种完全不同的生活，那是一段特别的日子。

现在，当其他家长说："天啊，我都不记得以前没有孩子的生活是什么样了，你还记得吗？"我总会简单明了地回答："对，我记得。那时很美好。"

# 三

## 一不做二不休

我觉得再不带他去厕所，他很有可能就在候诊室拉了。

# 再生一个

在生了亨利大概六个月后，这个微妙的二胎问题就开始出现了。“亨利什么时候会有个小弟弟或者小妹妹呢？”他们问。（“他们”包括了所有人）我们想过两个孩子的最佳年龄差吗？我们计划了什么时候开始再试试吗？我们的房子有三间卧室，能容下第二个孩子，是不是很幸运?!

这时什么才是我该说和该做的呢？我希望能想出一个比“你开玩笑的吧！”更礼貌的说法。因为老实说，那是生了亨利的第一年，我可没准备再生一个剥夺我睡眠的小神兽。第一年当妈和我想得不完全一样，回想起来，我的那些设想可能是来自药妆店《育儿俱乐部》杂志的一篇文章，那篇文章的配图是一位牙齿洁白的母亲在一个温暖的春日，正把她不会呕吐的婴儿扔到空中。

在亨利的第一个生日派对上，我记得我对自己说我爱他而且我正在享受这一切。我感觉自己已经进入了妈妈的角色。可是我也很清楚地记得这一天看见别人的新生儿时我说："我可再也不生孩子了。"我刚找回自己，因为亨利可以整夜安睡了，还会和我说话（差不多吧），让我发笑。我对于希望他不要有 0~1 岁这个阶段的想法是有点内疚的，不过我暗自庆幸着，艰难的婴儿期终于过去了，最糟糕的日子过去了。

那些没完没了的生二胎的问题非常恼人。我知道问的人是好意，而且只是对我家的最终状态表示好奇。但我有时很烦，因为人们直接假设了我们会再生一个。好像只是时间问题，因为"只生一个"似乎很傻。

"很多人都只有一个孩子，可是生活得也很幸福。我其实没打算再生。"后来我开始这样告诉别人。我希望他们别再问了。

"可是你不能只生一个！""那亨利不是太可怜太孤单了？""你会后悔的。""别等到太迟了！"他们说。

我们两人继续表明"生一个就够了"的态度，大部分人不再问了。但我还是感到一种无言的压力。我重新考虑那些话，比如：你该有两个孩子（相差两到四岁），因为那就是你要做的。我家有两个孩子，詹姆斯家也有两个孩子，我们各自的哥哥姐姐每人都有两个孩子……

就好像他们在孩子数量问题上都使用了童话故事《金发姑娘和三只熊》的逻辑：

一个不够（太孤单）。

三个太多（又太乱而且不得不买辆新车）。

两个正好。

所以，尽管我们告诉所有人我们没有二胎计划（“天哪，不要，我绝没有兴趣再来一次自我毁灭！”），我还是确定大家，尤其是我们家庭内部的人都认为我们会回心转意。“你们会改变主意的！”他们说。

而我想他们，生二胎的拥趸者们，是对的，因为我们的故事并没有以亨利是唯一的孩子而结束。我们一定是“回心转意”了，对吧？一定有什么触动了我们，让我们迫不及待地又坐回到生孩子的过山车上。

哦，差不多吧。

怀祖德毕竟也是在计划中的。我说过在这本书里我要完全诚实，所以如果他是个“意外”（是个“哎呀，糟糕了”的孩子，就像我有一次在一个育儿论坛读到的那样，我真希望这个“哎呀，糟糕了”的孩子长大时没有什么心结），我会告诉你的。不过，不是的，像他哥哥一样，这块小点心可是特意被放进烤箱的。

所以是什么变了呢？

一定不是我的母性泛滥。我曾经等着一种对新婴儿盼望的感情出现，可是没有。

我有一种说不清的烦恼。

当我跟詹姆斯说起时，发现原来他一样也有。我们并没有把“避免”只有一个孩子当成一种义务，因为我们觉得对孩子身心健康更有好处的是他们有快乐的父母，而不是父母不情愿地给他“制造”一个弟弟或妹妹。还有一种说不清的烦恼。当别人说起应该有更多的孩子，而我回答“我们有一个已经很幸福了，谢谢！”时，我不再觉得信心十足。我开始怀疑自己。有了亨利之后的第二个圣诞节，我们又开始聊这个话题，直面这种烦恼。经过几个小时的讨论，我们决定试着再要一个孩子。以下是对我们理由的总结：

我们一直觉得我们会有两个孩子。当我们讨论“十年生活愿景”的时候，蓝图中总是有两个孩子。车后座上坐着两个孩子，度假时带着两个孩子，晚餐桌上是两个孩子……一家四口其乐融融。

的确，有一个快满两岁的儿子，我们已经很满足了。我们本无意再生一个。我完全不想再次怀孕，再次经历痛苦的孕早期。但是长远来看，我们还是更愿意有两个孩子。我们的这种设想一直还在，而且转化成了一种烦恼。我想这有可能只是我们把令人向往的拥有2.4个孩子[①]的家庭标准内化了，但我又怀疑完全不是。不光是要给亨利一个伙伴，还能使我们的家庭完整。（而且，从自私的角度说，我们确实谈到了希望将来会有“回报”，因为等他们长大些就可以一起玩，而我们就可以在度假时去晒日光浴、喝鸡尾酒。）

不管喜欢与否，我们设想中的第二个孩子可不会通过心灵运输到达车后座或者餐桌旁。对于该怎么做我们太清楚了。

所以确切地说，我们没改变主意，而是坚守了约定。我们确实想再生一个。2013年12月初我们“开始行动”，而且已然没有时间再重新考虑了，因为新年前夜我就怀孕了。如果我好好想想生了孩子之后的一系列事儿，我不确定我还会再生一个。现在看来太疯狂了，而祖德是个非常神奇和讨人喜欢的宝宝。（亲爱的亨利，如果你读到这里，要知道你也一样可爱和神奇，虽然你又吐又不肯穿尿不湿，那也很特别……到一岁的时候你变得真正无比可爱。）

最近我第一次发现自己看着一个新生儿会想：啊，我还真的怀念孩子们能被搂在怀里的小宝宝时期啊。当我充满母爱地闻着孩子的头，有一瞬间我甚至想，我们也许还能再要一个。

在接近三十岁的年纪想这个问题我还真有点害怕，一种真正雌

① 这是一个平均数，一个标准的英美家庭，两辆车，两个孩子，但有些家庭孩子多，有些家庭孩子少，算出的平均数是2.4。——作者注

性激素刺激出的生儿育女的心理开始萌动，似乎是自然之母在告诉我：“是时候了。”也许那就是我该开始生孩子的时候了。但我生孩子的时间大概早了四五年。

周末小假期回来的路上，刚会走的孩子晕车了，而我手边只有他的长筒靴……接着，八个月的宝宝拉了一泡臭屁屁。所以我坐在两个车座中间，一边拿着一只装满了呕吐物的靴子，一边闻着臭气。真是精彩的归途。

**朱莉·德文的留言**

## 从一个到两个：什么情况？

跟“再生一个”的问题一样，以前让我生气的还有，当我说起照顾亨利有多难，经过一个糟糕的夜晚或者在公交上的崩溃后我是怎样艰难度日的，得到的回答通常是：“等你有了两个孩子再看吧！”（好像我明显不可能就只为“一个孩子”而费劲。）

有一次在幼儿班，我听一位妈妈对一群只有一个孩子的妈妈们讲到她生了第二个孩子，她说：“我对老二不操那么多心，因为我没那么多时间，而且我发现很多老大不会做的事都是因为我替他做了。对付一个孩子其实很容易，只是我那时候不知道。这就是事后诸葛亮，对吧？”

一语中的。我和詹姆斯经常幸福地回忆起只有一个孩子的生活，就像之前回忆没有孩子时的生活一样，我们会说：“天啊，只有一个孩子多容易啊！我们那时候为什么不带亨利出国呢？只有一个孩子的生活太简单了！”但大部分人并不会这样想，因为那时候我们根本没觉得容易。那个时候我们觉得什么都难，一部分原因是我们过分在意我们是怎么做的，另一部分原因是无论你有一个还是十个孩子，一切都会很难。

我可以在脸书上开玩笑地发一条：“‘有了两个孩子会怎样？’‘嗯，就像有一个一样，只不过更糟。’”

实际上，我没觉得有两个孩子比只有一个孩子要难很多，虽然我确定不同的人情况不同。可能对我来说，成为家长最需要调整的，是要先接受我的生活不是我自己的了这个事实。从我们把刚出生的亨利从医院带回家（他平生第一次出门）时起，我的生活就不再是我的生活了。实话说，有两个孩子以后，我的生活也不比有一个的时候更不是自己的，我的心理感觉是从一个孩子到两个孩子过渡的难度，没有从没孩子到来了一个孩子那么高（主要因为祖德哭得稍微少一些，而且更爱睡觉）。

但是两个小孩带来的家务负担，是我们在只有一个小孩的时候没考虑过的。有几件事令我实在难忘，因为这些事让我切实感到了多出一个孩子的压力。以下就是最难办的几件事：

## 你只有一双手

我知道这听起来像废话，但很多时候，从一个孩子到两个后，我真不知道该照顾哪个，该忽略哪个。

迄今为止最糟糕的一次是，我第一次倒霉地要同时带两个孩子去看医生。当我们坐在候诊室，离祖德检查还有十分钟的时候，我感觉我做得都很好。我们按时到的，两个孩子都没哭。可当亨利摔下了座椅，脸朝下趴在地板上的时候，情况开始有点紧张了。我问他在干什么，他大喊：“我在休息！”当时我正在喂奶，真不知道该怎么办。他没有尖叫，也没有人抱怨要跨过他才能去诊室，所以我想不管他应该会少惹些麻烦。可紧接着，几乎同时，祖德开始踢我（要打嗝或者是累了），而最近正在接受坐便训练的亨利声称他要去厕所。我们去的医院只有一个厕所，而且不够大，婴儿车进不去。

我没预料到会出现这种窘境。

等我看到亨利明显憋不住了（他憋得直转圈），只好把祖德交给了一位看起来很友善但完全是随便找的老妇人以便带亨利去厕所。我不会轻易把孩子交给一个陌生人照顾（可以理解，这不合情理）。但是这次我的直觉告诉我，带亨利去厕所更重要，而且，看到亨利幅度越来越大的摇摆，我觉得再不带他去厕所，他很有可能就在候诊室拉了。

幸亏我这么做了，因为我很快就看到了大便，就像是特意选好的时间。我以前从来没有像那天那样感到两难：我知道我得在亨利大便的时候扶着他，同时我万分担心可怜的祖德会成为下一季《失踪》的素材。

亨利终于解决完了，回去看到那位和蔼的老妇人并没有拐走我的祖德，我才松了口气。事实上，她把他举到空中，他在咯咯大笑个不停——显然他很喜欢这位陌生的奶奶。

然后这位老妇人告诉我，我带亨利去厕所期间，错过了叫号，别人先进去了。所以祖德必须再等二十分钟，而亨利开始自豪地给其他病人提供关于上厕所的卫生建议："你必须洗手！因为你刚才摸屁股了。"

我立刻给詹姆斯发短信告诉他：我再也不会带他的两个孩子一起去看医生了。

## 有时候是双倍的压力

当你有两个孩子（或是更多——天啊，我简直无法想象！）时，好好地出游一次（自驾游，装好一天所需的物品，等等）可以说是压力非常大的事。有天我醒来，充满了当家长的勇气，决定带两个孩子（一个刚满三岁，另一个才五个月大）去海边。我自己开车带他们去。前一天我气坏了，因为我一个人困在家里，带一个哭闹的婴儿和一个一边跑，一边大叫“你永远抓不住我！”的家伙。所以我突发奇想，第二天带他们出去玩。

“没错，孩子们，我们要去海边！”我宣布。没计划，没收拾东西，非常随性。亨利兴奋极了，我觉得这就是当妈妈的乐趣。

“咱们去海边吧！现在！”我的天，我怎么这么棒！

那是早上九点。我们收拾一个包马上就走，我告诉他们。

十一点四十七分我们才上了车。从计划生成到我们都上车，已经过了快三个小时。这几个小时都干了什么我就不废话了，因为如果你也是家长，就会知道出门有多难（如果你还不是，相信我，带孩子出门真的太难了）。但是多出一个宝贝孩子要照料，让事情变得更难了。换尿不湿，两个奶瓶，至少 10 盎司[①]的呕吐物（总是惊喜啊，祖德），还有一次来自亨利的大闹脾气：“我什么衣服也不穿！”接着等我们刚上车，他又开始闹脾气，因为猫咪玩具的遮阳挡板掉了，他不能跟它玩了。

亨利每两分钟就要来一次压过他弟弟哭声的大叫：“我们为什么这么走？”“我们迷路了吗？”“打开导航！”（幸好他不记得上次出去玩的事了，那次我对着可怜的导航大叫：“这儿没有地方可以掉头，你个蠢货！”）

后来我们终于到了海边，我找不到停车位，我忘了那时正是该死的期中假期[②]。休产假的时候你不会太记得期中假和暑假的，每天

---

① 1 盎司约等于 28.4 克。——译者注

② 原文为 half-term，指英国学校的学期中途的假期。——译者注

都像电影《土拨鼠之日》那一天一样来回重复。最终我挤进了一个车位，但看着海滩上的人潮，我紧张了。

我带了三明治，本想来一个在海滩铺上花格垫子的野餐，但是祖德刚睡着了（我趁他不哭赶紧喝水），我们就直接在车里把三明治解决了。我觉得亨利太可怜了，因为如果只有我们俩，我们就可以坐在海滩上野餐的。现在我们只能从车里看海。

祖德醒了以后我们准备继续实施计划。我们打算先沿着海边散散步（推着婴儿车），然后把所有东西都放回车里，到海滩去玩玩。我想我绝对能办到。

但两分钟后我就感到压力激增。

亨利事先坚决表示他不需要撒尿，但他很快便晃来晃去表示“我憋不住了”，所以我们赶紧跑去厕所。等到了那儿，虽然我不停地警告他，但他还是摸遍了所有看得见的马桶边。我也需要上一下厕所，我只好用婴儿车把厕所门支着。我们接着在一个看起来跟马桶一样脏的水池里洗了手。

然后祖德开始哭，因为他饿了。

亨利沿着海边跑，摔倒了，擦破了手，也哇哇大哭起来。

后来我们终于来到海滩享受有趣的家庭外出，当我坐在沙子上给祖德喂奶时，亨利却大喊：“我在埋狗屎！”我听得心脏病都要犯了。他后来解释说“那只是假装的”。（一个孩子把他正在埋的宝贝说成是狗屎，有毛病吗？没有？）

我拉着亨利抱着祖德，朝大海走过去。这种感觉还不错。我呼吸到了客厅里没有的空气，享受到了惬意的一刻。我为自己大胆的行动而感到自豪。我甚至应该用 Instagram 分享当时的照片，题目就叫“与我宝贝们的海边生活”。

接着，等祖德最后一次拉完屎，我在车的后备厢里给他换了尿不湿，我们就该回家了。当然，亨利不想回家，所以我蹲下给他讲我们为什么要回家的道理。（还用一个奶油蛋糕贿赂他。）

在上述两种情况，还有其他情况下，两个孩子造成的麻烦的确更考验人。

不过反正我们以前就觉得一切都很考验我们了。

# 女孩还是男孩?

当了妈妈以后，我曾有过一些不太合适的想法，说过一些不太合适的话，事后我每每感到后悔，现在仍觉得惭愧。那根本不是我真实的感受，只是又一次由喂奶引发的“血案”，或者不听话的小孩带来的挫败感，而引发的瞬间的坏情绪爆发。盛怒之下我们可能都会说一些并非发自本意的话，我对儿子们说过不少这样的话。但从来不是直接对他们说的（除非算上他们还是婴儿时我对他们怒气冲冲的咒骂，不过我确信他们当时一无所知），一般都是对詹姆斯说的；或者不对任何人，只是我咬牙切齿地瞪着天花板发泄。这些一闪而过的愤怒，与其说是对生孩子的后悔，不如说是难过地发现我的生活变成了：满脸疲惫坐在那儿，一身都是婴儿呕吐物，却还鼓励自己换个乳房接着喂奶。

有一次，祖德（几个月大）折腾了我一夜之后，早上五点我醒来，发现亨利在我们的床上，裤子全尿湿了。他尿湿了自己的床又爬到了我们床上。这情景就是现在想起来我都觉得糟透了，虽然那不是他的错，但我跳起来换被单的动静把他吵醒了（他的小床在我们房间里，而且他有半个晚上都没睡）。当我意识到这是周六，是我该休息的周末，我简直要疯了。但我还是足够平静地抱了抱亨利，带他去淋浴，告诉他，他的床和我们的床都湿透了，不过一点儿也没关系（我学会了做出一副能得奥斯卡奖的、像卡罗尔·斯米莉[①]那样笑眯眯的慈母面孔）。我足够平静地带他下楼放动画片让他看，问他想不想吃点儿脆麦圈，这时候詹姆斯在楼上，正徒劳地尝试把大哭的祖德哄睡着。这时我忍不住了。我踏进我们的卧室，故意摔门，狠狠扯掉床单，（比婴儿哭声还大声地）喊道："我希望从来没有生孩子。这是天大的错误！简直大错特错！"接着我哭了，因为我从来不是真的希望我们根本没有生孩子。只是在那个时刻，我希望我们有一张没沾尿的床，而且我们至少周末能躺到五点以后再起床。

通常我能意识到这样的爆发很不理智。这都是暂时的，而且不是我真实感情的反映。我真的不是那个意思。所以我努力不因此而过多地责备自己。但是，在我感到后悔的所有想法和情感中，有一种不是暂时的爆发而是逐渐加深的情绪，一直挥散不去。一种我并不为之感到骄傲的情感，一种我实在会感到愧疚后悔的情感。但我还是来分享一下，我说过，我会完全诚实地讲述我做新手妈妈的经历。

怀第二胎二十周的时候去做B超检查，我躺在那儿，肚子上涂满胶状物，又一次感到紧张和轻微的焦虑，以及怕出什么问题的担心。第二个孩子也许不健康。医生管这叫"异常扫描"，我确信所有

---

① 卡罗尔·斯米莉，英国畅销育儿类图书《职场妈妈工作手册》的作者。——译者注

的家长都拼命地希望没有任何异常。我们已经有了一个健康的孩子，我们可爱的和平破坏者，飓风亨利。任何人都会希望他能有个同样健康的弟弟（或妹妹），对不对？对啊，我的确希望。但我还有另一个希望。看起来远不重要，但在去做B超的时候，却占据着我的全部心思。

我希望生个女孩，我想要个女孩。当事实揭晓的时候，很明显，这不可能了。这次扫描跟检查婴儿性别无关。但屏幕上赤裸裸地显示着阴茎和睾丸。我们有幸将收获第二个儿子，而且很健康。我们的确非常、非常幸运。

然后我哭了。

不是从一开始就哭，一开始，我听说胎儿健康时非常高兴，看到明显的性别特征时还笑了。又是个像亨利一样的小坏蛋，他能有个弟弟真好。但是，出了医院，我哭了起来。下午跟晚上哭得更厉害。对于要生第二个儿子我感到无比失望，同时我也觉得自己是世界上最差的妈妈——我居然会失望，太可悲和自私了。我对于自己的反应生气极了。我一直不理解曾听说过的那些人，他们不停地生孩子，直到得到他们想要的那个性别的孩子，就像电视纪录片里播出的那些故事（二十五个儿子了还要生，或者类似的——虽然我还是一定会看）。我只是不认为“对性别的失望”是个问题——怎么会有人对性别失望？

我确实从来没想过我会有偏好，只要有个健康的孩子我就知足了。可是我胸口却有一种怪怪的感觉，不是怀孕带来的烧灼感。我在脑子里疯狂地寻找理智来对抗这种感觉（我们能有孩子已经很幸运了；这个孩子很健康；我们应该庆祝；你这女人，克制）。我绝望地想摆脱这种情绪，想抹去所有的失望。但是人真的无法改变自己的感觉，我当时的感觉就是这样。

现在，我是拥有两个儿子的骄傲的妈妈，虽说无法想象没有他们的生活会是什么样，尽管这太陈词滥调了，但是我真的无法想象。当祖德对我微笑，或者被我对《哔哔巴士》的生动演绎逗得咯咯笑的时候，我对自己那天在医院停车场的痛哭，感到针扎般的内疚（还有那天之后的几天，还有当我知道我最好的朋友要生女儿的时候……是的，我知道，太可笑了）。现在我对两个儿子很满意，所以我可以平静地说起曾经感到过失望，并一笑而过。我曾想通过删掉那天做 B 超后写的博客，来永远抹去那种情绪。但是，在一年多的时间里不断回想那种情绪之后，我能接受了。那时候我觉得荒谬，但现在我觉得一切是合情合理的。

我意识到当我听到第二胎又是男孩时感到的失望，完全不是因为不想再要一个男孩。和我无比可爱的亨利在一起两年，虽然发现做妈妈饱含难以衡量的艰辛（真的，难以衡量），但我无比珍惜我们母子的亲密关系。有两个儿子，这很与众不同。现在我喜欢说“我的小伙子们”（甚至也包括詹姆斯，如果他表现好的话）。

而那时候我对于不能有一个女儿，只是感到一种短暂（但无比强烈）的悲哀。作为家里的两个女孩之一，我一直觉得我该有女儿，我梦想着跟女儿一起去泡温泉，逛街，谈论男朋友。我确信在十五岁时失去妈妈，使我想有女儿的欲望更加强烈，我想重建那些依然珍藏在心中的记忆。去商店买最小号的运动胸罩，我和妈妈都知道我不需要但还是一定要买，以避免在换衣服上体育课时被发现没戴胸罩，那简直是自杀。我们在厨房里唱《永恒壮举》，贝贝·怀南斯的歌，用手指尖蘸水模仿雨滴演绎“为你挡雨”，太傻了。我终于可以在圣诞节的时候用 Collection[①] 2000 眼影了，以前妈妈总是说“那

① Collection，是一个英国知名美妆品牌。——译者注

会让你看起来像个妓女”。虽说我不是那种特别女性化的女孩，但我还是非常珍惜所有这些——特别是在意识到妈妈病得多重的时候。我想牢牢地抓住那些典型的、母女间关于初来月经和不要挤青春痘的谈话，因为我知道这些很快便不会再有了。我爸爸做的（而且继续做着）惊人的好，他在我生活的所有关键时刻支持着我。有这样的老爸我太幸运了。可是，我没能和妈妈分享我经历的所有“重大事件”——爱上詹姆斯，结婚，生子。我想，我想象中的女儿部分来自我对自己的承诺：我会在那里陪伴她，聊避孕药，挑选婚纱。这是一幅对未来清晰的想象图景，所以我可能从来没想过会是另一番景象，另一种尽管本身也非常美好，却完全不在之前想象中的图景。

我知道我们不会像有些夫妻那样不断地尝试——我们想要两个孩子，而且幸运地有了两个孩子，他们就是我们的全部。我“对性别的失望”只和那次去医院时意识到我永远不会有女儿有关，和其他无关，只是哀悼一个我在脑子里酝酿了二十七年的想法，因为我一下子意识到它永远无法实现了。我着实希望这样说不算是对两个儿子不公平，希望有一天他们能理解。因为说“我很想要个女儿”不等于说我不想要儿子。我爸爸经常开玩笑说他当时想要个儿子，而作为他的二女儿，这从来没有让我觉得自己贬值。我们以前常嘲笑他：噢，我们家女性是压倒性的多数！我们知道他无条件地爱我们，就像我爱我的儿子们一样，虽然男性在我家占了绝大多数。

永远都会有想象生了女儿的好处的时候。比如在服装店我路过那些漂亮的女孩衣服却直奔牛仔裤、T 恤衫和运动鞋时。（叹气。）还有虽然我尽最大努力强调“玩具就是玩具”（我想买娃娃的家和厨房），儿子们还是喜欢所谓“男孩的”玩具的时候。我的生活中全是忍者神龟和星球大战，而且没一个孩子愿意听我的话好好坐下来玩一个拼图，因为他们更喜欢从沙发后边对着我射击。我还没见过有像小男孩那样对一切和屁屁、屁股、裤头，以及放屁有关的东西那么着迷的小女孩。我一次也没有听到我的外甥女，或者我朋友可爱的女儿在攀登架顶上喊：“放屁裤灯笼裤，屁股屁股头！”不过我偷偷地觉得很好笑，而且虽然我讨厌性别刻板印象，但是当我听到陌生人说他们是“正常的小男孩”时还是会微笑（表面上当然还是要骂他们关于“放屁裤”的大叫）。

男孩和女孩非常不同，而且——我不撒谎——如果一样一个就好了。我总是说“一样一个”就像是传说中的圣杯，要得到就像买彩票中头彩。但是我现在意识到说“两个一样”很愚蠢，因为没有任何两个孩子是一样的。从 B 超中看到的阴茎和睾丸，大概是迄今为止我两个儿子最大的共同点；在性格方面，他们就像奶粉和奶酪一样不同。

我在博客里诚实地写下那次怀孕第二十周做 B 超检查感受的一年之后，我很惊讶，那篇文章仍然不断地收到网友留言。有妈妈想要儿子却生了三个女儿。有妈妈感觉她要生的是个女儿结果“她”却变成了“他”。有妈妈生了一儿一女却为自己的欣慰暗自感到自责，因为如果不是这样她会哭的。所有这些信息的共同点是，她们以前从来没有和别人说过这些感受。可能这是禁忌的话题，不过我说出的话已经收不回来了。

我还是觉得我当时的反应像个超级白痴，就像你说了醉话，然后希望能收回时感到的那种愚蠢。我希望那时候我没哭。我希望我表现得像生男生女都无所谓的那些父母一样。现在看起来这无关紧要，可是我要说，那时候我的感受是真真切切的，B 超结果简直让我震惊。也许让自己“发泄一下”比压抑在心里要好。当人们说“这个你不能说！”，他们真正的意思是“你可以这么想，但是不能说出来”。我不认为把想法藏在心里，会让它们变得不那么真实。

知道了我曾经想要个女儿，儿子们无疑会在以后的日子里更多地捉弄我。我希望他们能明白我最想要的是一个家。而现在我有了一个家。我确信会有些日子，我愿意不惜代价地用扮演蝙蝠侠和讨论臭屁屁，交换小公主晚会和编辫子（不过如果女儿像我，可能还是会更喜欢蝙蝠侠），而大部分时候，我想我会在捡起儿子们的运动鞋和帽衫的时候感到满足，对于他们都健康感到满足。事实证明有两个儿子太好了，而这仅仅是个开始。我真的对我的儿子们很满意，如果他们少放点屁就更好了。

怀二胎的时候，我问女儿她是想要个弟弟还是妹妹。她总是回答“一个讨厌鬼”。事实证明那是对她弟弟非常准确的描述。

**艾玛·汤顿的留言**

# 关于二胎

“我们会对两个孩子一视同仁。”我俩说，发自内心的。我们一边粉刷我肚子中第二个孩子（还没起名的）的婴儿室，一边思索着从其他家庭那里观察到的不良倾向：家长会对老大关爱备至，对老二却多少有那么一点儿忽视。

我们不会。我们会对第二个宝贝儿子像对第一个一样。可是在内心深处，也许那个时候我们就知道这是谎言。

不是一个不可告人的恶意的谎言，而是一个根植于最真切用意中的谎言。事实上，当詹姆斯和我一边开心地给婴儿室的地板抛光，一边聊着我们的二宝时，我们发现我俩都很有心要保护他作为老二的地位。我们心意相通。因为我俩都是家里的老二，每人都有一个同性别的老大；我们在成长的过程中都知道作为老二是怎么回事。

并不是当老二不好——我们没有因此在任何方面受到什么影响。绝对不是我还对我父母带姐姐去甜点烘焙店和舞蹈课，却没带我去，或者因为我爸爸只记得我姐姐的生日（一辈子的创伤啊。开玩笑的，老爸，我知道我是你的最爱。不过我打赌你不记得这是你哪年干的事了），而仍然耿耿于怀。

好吧，作为老二我俩都过得很好，但是我们也都太知道家里有哥哥姐姐一定会面临的现实生活：

谁总是什么事都先做。

谁总要穿几年前的旧衣服。

谁总是有该死的更大的房间。

那天我们装饰祖德的婴儿室时，在墙上写的字（或者更确切地说，是画的画）比亨利的小一半。

我们的小小二胎已经被分配到了小房间。

这就开始了。

我很高兴我们说出了要对两个孩子一视同仁的意愿（我们有这个意愿，祖德），但是在经历幼儿加婴儿的养育组合之前就这么说是很愚蠢的。我仅凭远观其他家长对二胎的关心少于对头胎，就鄙视人家的做法，不但错误而且天真。我那时还不明白。

现在我的情况经常是：无法协调对婴儿无微不至的关心和对另一个淘气包的要求。我正照顾着祖德，亨利却从沙发上跳下来大叫："你当《星球大战》里的楚巴卡，妈咪。学他说话！"（必须说，我学楚巴卡棒极了。）所以我真希望我在祖德第一次拍手的时候给詹姆斯发短信了（我确定在亨利那时候我做了），可事实是我根本不知道祖德是在什么时候学会拍手的。我可能错过了，那时候我可能在做奶酪三明治，或者收拾只能给亨利带来十五秒快乐的一堆彩笔，一边收拾一边叹气："能不能都稍微安静下来一会儿？"

我们对待祖德和亨利不一样，不过我不觉得特别内疚，因为虽说我们没有过分溺爱亨利，但我后来还是意识到，我们对亨利做的很多事根本没必要。在很多方面，我绝对更喜欢我们养育第二个孩子的做法。没那么吹毛求疵，没那么大惊小怪，没那么多此一举。

不是说第二次我们就变得漫不经心了，只不过更放松了。所谓"放松"，我主要指我们太忙了，所以不会对什么都特别在意。

在带亨利的最初几个月，他睡衣肩膀上一个细微的小湿点都能让我们非常重视。尿不湿稍微有动静我们就要分析分析，如果不十分确定，就换掉。即使在凌晨三点，他已经睡着了，我们也会把他弄醒来检查（因为那时我们认为就算为了换尿不湿把他折腾哭了也比不换好）。如果他的婴儿纸尿裤上有一点点不起眼的痕迹，我们就给他换新的。显然，那时候我们时间太富裕了，洗衣机里的空间也太富裕了。

到了祖德这儿，我们不再理睬尿不湿里若有似无的声音，除非闻到了什么（即使如此，如果是在凌晨极度困乏的时候，我也会不看，不听，不闻）。我们给祖德换婴儿纸尿裤的原则也很简单：如果是干的而且总体上不怎么脏，那就不换。不得不承认，我们在抚养祖德的时候有了一个新的底线——他四个月的时候，当我们发现他的睡衣肩上有吐过的湿漉漉的痕迹时，我们会用吹风机直接吹干，即便那时候他还穿着婴儿纸尿裤。也许因为当时的天气很凉爽，加上婴儿的喊叫，还有我可能在哭，所以詹姆斯觉得最好赶紧让孩子们睡觉。

可以说，对于两个孩子在婴儿时期我们态度上最大的变化是规矩——所有该做和不该做的事。

对亨利：“我不想让他吃任何不健康的食品。没必要，是不是？”

对祖德：“他下巴上粘的什么？哦，等等，我想是你巨无霸里的调料。”

对亨利：“再给他洗个澡，然后用那个薰衣草味的油给他按摩一下。”

对祖德：“你不觉得他脖子闻着有奶酪味儿吗？给我一条湿巾。明天再好好给他洗澡。”

对亨利：“咱们要再多买点书了。我晚上没有可以给他读的故事了！”

对祖德：“他都六个月了，我还什么都没给他读过呢。”

第一次当妈妈的时候，我对于孩子吃奶和睡觉的时间非常在意。（现在才下午五点半，他不能睡觉！你觉得育儿通吉娜·福特会让这种事发生吗?！）有时我在客厅里转上一个小时去“隔开喂奶时间”，只为了追求最佳的喂奶间隔时长。

到了第二次，我可不会那样了。事实上，那次有一天我感觉很不舒服，只要祖德动一动我就给他喂奶。我才不管什么喂奶时间间隔呢。我根本不记得上次给他喂奶是什么时候，只管稀里糊涂地把他喂饱，因为我还要关注亨利在客厅里演绎庞蒂潘迪小镇的大火。还有一些时候，在祖德出生后的头几个月，我为了让他多睡一会儿就多给他喂奶，这样我能洗衣服，还能看电视剧《切尔西制造》。

接下来，在一切物质方面，我们确实非常不公平。亨利的第一个圣诞节，我们花了太多钱。我们给他买了一大堆玩具，还有长大才能穿的衣服。我们坐下来给他一件件拆开，问他：“哇，你喜欢你的新玩具吗，宝贝？”而他呢，根本不感兴趣，爬到旁边找了根蜡烛去嚼，或者去舔阳台门。祖德第一次过圣诞节时他只有十五周大，还不能坐起来，甚至对礼物的包装纸都还没有兴趣，我们决定就给他买点儿象征性的礼物。圣诞节早上，我心里感觉有一点儿对不起他，可更多的却是，我觉得他真的不需要一个装满礼物的大袜子。我希望我们后来对他有所补偿。

所以，当你读到这里时，祖德，我亲爱的布丁脸蛋儿，希望你接受我和你爸爸的道歉。虽然我们尽力了，但还是没能公平地对待你和你哥哥。下边是写给你的，只写给你（在我产生了对老二的内疚而情绪崩溃之后所写的）。

我的小姜汁饼干：

我正写信给未来的你，跟你说对不起。

对不起，我没有在婴儿纪念册里好好地记录下你“婴儿第一年”所有的重要时刻。我甚至希望我根本就没有买那本纪念册，因为所有的空白提醒着我：我不记得你什么时候长了第一颗牙……你从医院回家时穿的是什么（哦……是什么……我真不记得了）。很抱歉我没有给你的一些重大时刻录像。你可能会在电脑上看到亨利第一次会爬，那时候我录下了很让人尴尬的旁白（“2012年9月，他开始爬了！女士们，看啊！”然后全是自己咯咯的笑声）。

我忘了记录下你最早开始爬的样子。

我忘了记录下你最早会坐起来还拍手的样子。

事实上——你的婴儿录像都哪儿去了？日子过得飞快，你昨天还是新生儿，一转眼就开始研究家里的东西，用新长的乳牙到处去咬了；可惜这些我也没写在日记里。

我怀疑你是不是还需要知道你第一次打滚是哪一天，或者你第一次去海滩，或者你断奶时最喜欢吃的糊糊[①]是什么。可是如果你想知道，我可真得好好想想，而且回答八成也只是猜测。真对不起啊，宝贝！

我希望你不在乎这些。虽然我对你有点儿忽视，也没有在脸书上发过像你哥哥那么多的婴儿照（因为我们也没有给你照过那么多），还有，人们问我关于你我该知道的问题时，我总一脸惊讶地发现自己不知道。

但，我是爱你的。

我爱你因为你独特，有自己的个性和怪癖，这些我都爱死了。

希望你知道，看起来我好像总是把哥哥放在前头，其实你同样重要。只不过，当你还是个小婴儿的时候，他就已经能跑来跑去大叫，问我为什么在路上被轧的动物会死，为什么人在很不方便的时候还要拉屎——他三岁了，也需要我花很多时间照顾。我没能带你去婴儿按摩，没能一边唱着“黛茜，黛茜，我们的双人自行车”，一边给你用精油按摩腿。

你出生的第一年里几乎没有我们两人单独在一起的时间，但是，我亲爱的小土豆，我们会有的。亨利今年要上学了，等他走了，你就不用整天待在婴儿跳跳椅里，或者一个人舔面包棒了。

你是二儿子，但这并不意味着你比任何人差，只不过你是两个孩子中的一个，而有时候妈妈确实很难一碗水端平。我亲爱的小天使葡萄萄，妈妈永远爱你。

妈妈

PS：伟人一般都排行老二。别告诉你哥哥。

---

① 其实你吃的不是糊糊。不是我在家里用搅拌器给你哥哥打出来的那种。你吃的是买来的罐头。真对不起，宝贝。——作者注

# 四

## 烦琐的日常生活

“天天从早到晚待在家真的非常糟糕。”

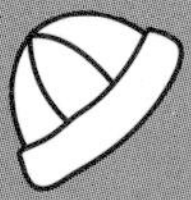

## 全职妈妈，向你们致敬！

“如果你有条件的话，那么做真棒。”这是我发表过的关于全职妈妈的言论。“我敢保证我们都喜欢天天待在家。”不用为周一早上上班发愁的感觉太美妙了，一周的计划都围绕着带孩子去玩，野餐，约会，逛公园和在咖啡店买婴儿喝的无因咖啡来展开。那是什么神仙生活啊！

我收回我说过的话。

我那时候不了解，一点儿都不了解。如果你读到这里而且是个全职妈妈（虽说这不是我喜欢的一个词，却是一个我忘不了的词），你该知道，现在，我在做着尴尬的“我错了”的手势来表示对你们的欣赏和尊敬。你们的价值是需要被认可的。你们需要那些像我这样的傻瓜，曾经以为你们的生活容易的人，来道歉。那时候我没经历过，所以我完全没概念。

我现在懂了。整天待在家里照顾孩子，日复一日，绝对不是我曾经想象中的简单生活。那是让人头脑混乱，而我根本就没准备好应付的生活。

我认识一些妈妈们，她们很好地度过了为期一年的产假。我的两次产假加起来都不到一年。尤其第二次，本来可以休半年，但我只休了五个月。我发邮件问老板我能否回去上班，他同意了。我实在不能忍受待在家，不能忍受天天从早到晚地待在家（每周，每月）。很多次，别人问我："有什么难的？"这让我从何说起呢？我确定并非因为某一件事让我无法忍受待在家里。做家务，哄一个哇哇大哭的婴儿，快步跑去商店买东西，这些好像都不难做到。有时候，我也做得不错。

但是，在一天之内做遍所有这些事，让我心理上达到了在工作中从来没有过的沸点。

孩子哼哼唧唧地哭闹！天啊！哭闹！一小时又一小时，中间还夹杂着更糟糕的大哭大叫。

也不单单是因为不可能不受打扰地做任何事。有时候，我只是想把两天前洗的衣服拿出去晾晾（闻着一股霉味，我简直想重新洗）。有时候我刚要吃一片烤面包，儿子却说他"要饿死了"，虽然他都吃过早饭了，但我只能给他，自己吃剩下的半片面包皮。有时候，我得应付他们撞到了头（天哪，我不是说了不让他们把沙发当滑梯嘛！），还有他们每天不肯穿裤子、外套或者鞋，我一整天最大的成果无非也就是其中一个孩子能好好睡一觉。

然后是无尽的单调乏味。我知道说做妈妈很乏味不太容易被别人接受，可是，有时候，我就是觉得乏味。不是说我的儿子们没意思——相反，他们总会给我惊喜，而且每天带给我快乐。但天天哄睡，做家务，还有连续十七周去公园，反复讲消防员山姆的故事，都会让人觉得实在有点儿枯燥。我希望我不是这么想的，可我就是。我猜不止我一个人有这种感觉。

全职妈妈很值得国家给她们发个“耐心大奖”。没错，谁都可能在某个时刻失去耐心（比如堵车的时候、给客服打电话的时候、拼拼图或安装门把手的时候，以及跟所有的笨蛋打交道的时候），但是，在我开始整天待在家照顾孩子之前，我从来没有体会过不可忍受的烦心。一整天在家带孩子对我的考验包括：

- 亨利闹脾气：“我要/我不要。”如果你没和一个三岁孩子这样打过交道，我给你讲讲，很有意思。你让他们做什么（比如在出门前让他们去撒尿），他们坚决不做（“我就不”）。结果就是，警告他们，然后罚他们坐在椅子里不许乱动，然后他们就会大叫：“我去！我去！我去！”然后你就要把他们抱下椅子带去厕所。可是，这时候他们已经忘了十分钟之前的事，又开始大叫：“我不尿！”结果呢？你崩溃了。
- 还有我不让他去他偏要去的商店，带给我近乎抓狂的恼火。通常就是我们在路上随便遇见的一家店，比如一家眼镜店。
- 祖德，他大哭因为想喝酸奶，还哭因为又不想喝了。总之，全是酸奶的错。浑蛋酸奶！
- 同上，只不过这次是亨氏婴儿饼干。哭，想吃；哭，又不想吃了。
- 亨利故意超级无敌慢地往家走，不是因为累了，而是因为我犯了个错误，不该告诉他我们要回家是因为我该喂弟弟了。想想我无效的尝试：“咱们赛跑吧！”（他可不笨。）
- 孩子长乳牙（不多说了）。
- 两个孩子在车里哭闹四十分钟，声音刚好压过正在反复循环的迪士尼歌曲。也许一个耐心的妈妈会意识到孩子们只是太累了，会哼着歌来哄他们，绝不会像我一样悄悄地低声咒骂。

有一阵子我想，如果不是特别急着回去上班，重新加入职业女性的行列，我会多花几个月的时间全心全意地享受当全职妈妈，我甚至还说过这样的话："不能在家待更长时间实在太遗憾了，可是我必须回去上班。"这完全是自欺欺人。其实不遗憾，因为回去上班对我来说更容易些——即便是最艰难的工作日感觉都比在家容易些，有时候简直是在过节。

我在博客上和很多妈妈聊过这个问题，她们也有同感，工作对她们来说也感觉像过节，原因各种各样，比如：

- 你可以踏实地喝杯茶，而不用冲着摇摇摆摆走近的小孩大叫："危险，当心我的茶！当心我的茶！"
- 你的午饭就是你的午饭。不会被偷走，或者被喷嚏溅上。你不用躲在冰箱门后边假装找酸奶，却偷偷往嘴里塞一块薄荷巧克力。
- 你上厕所的时候不会被跟着或者被盯着看。
- 你可以穿袖子上没有呕吐物残留的衣服。当然，有时候你袖子上还是会粘上某些硬硬的东西（不过你会对自己的应变能力感到惊讶——湿巾加风倍清[①]有奇效）。最近我穿了一件得体的罩衫，还戴了一条项链去开会，我一直都在摆弄项链直到有人说："你的项链很好看。"（在家我不能戴，因为婴儿会用手去抓，那简直能把我搞得窒息。）
- 办公室没人会在你身上爬来爬去（除非你愿意让他们这么做，当然那是你的事）。你不会无奈到坐在楼梯上用手捂着耳朵大喊："休息！妈妈要休息一下！"
- 你可以整天和成年人聊曲奇、健康饮食和八卦。（"不会吧！那么说她那时候没在跳尊巴？"）

---

① 原文为 Febreze，是宝洁公司的一款免洗除菌衣物清新剂。——译者注

• 你可以在午饭或者喝咖啡的休息时间散步。一个人，不带包。

不得不说，工作上的这些好处不是所有职业都有。教师、带孩子的保姆、幼儿园阿姨之类的工作都躲不开尖叫的孩子（这种工作真是有名无实的假期啊），而且也不是每个人在工作中都有时间喝杯热腾腾的咖啡。我收到过一些父母的信息，他们的工作压力极大（还有的上夜班），即便如此他们也会说，有时候工作和在家带孩子相比还是像放假。也许因为换换环境就相当于休息了。

当然，这不绝对——在家也有很多没有引起我们重视的好处：不用和不喜欢的人闲聊，想吃什么吃什么而不用管那些用 5 : 2 节食法[①]的同事心里怎么看你，可以看《装修家庭》。光是和孩子们待在一起就是件特别的幸事，比如，能亲眼见证他们初学走路和说话的样子。虽说我很急于回去上班，但我知道工作时我会因为太想孩子而痛苦。我管这个叫"疼痛的心"。我很确定这是一种疾病。

不过现在我学会了接受"疼痛的心"是我生活的一部分这个事实，因为如果完全放弃工作我的心也会疼痛，而且，从亲身体验来看那不是我的最佳选择：我无法适应天天在家的生活，因为我不够耐心和随机应变。

全职妈妈，衷心地向你们致敬！

我是一名护士，一天 12 个小时在急诊室工作，不停地看病情监测器，应对呼吸机的警报、发高烧和狂拉肚子的病人，但这些和在家应付一对 14 个月的双胞胎相比，就像休年假。

**珍妮 · 什鲁斯伯里的留言**

---

① 指每周要保证两天严格控制热量的摄入。——译者注

# 给家长的墨菲定律[1]

下面是一些典型的，在你带娃生活的某些时候，注定要发生的事：

**就在你看起来邋里邋遢、不修边幅、带着几个流鼻涕不听话的孩子的时候，正好撞见多年不见的熟人。**

墨菲定律说，如果这人是前男友（女友），你会看起来特别的不像样，简直像淋过雨的狗粮。

如果你在生孩子前就认识他/她，那更是格外痛苦，因为他们可能还记得你描过的眉和穿过紧身裤的腿。如果是在超市遇到，你身体的每一寸都会大叫着让你一头扎进生菜堆里。可你不能扔下一车的孩子，所以你会点点头说："嗨，你好吗？""对啊，我很好啊，

---

① 墨菲定律是一种心理学效应，由爱德华·墨菲（Edward A. Murphy）提出，基本内容是：如果事情有变坏的可能，不管这种可能性有多小，它总会发生。——译者注

谢谢。”说的时候恨不得去死。

然而如果某天你真的下定决心做一次改变（挤进紧身牛仔裤，涂上 BB 霜和唇膏），那么你就根本不可能遇到老情人。

**正在你被孩子搞得崩溃的时候，购物袋或儿童防雪装或婴儿车篷上的拉锁断了，或者卡住了。**

拉锁之类的东西在孩子心情好的时候是绝对不会断或者卡住的，事情总会发生在他觉得天塌了或者你着急有事的时候。你会给一个又哭又踢、脸红得像甜菜一样的婴儿修拉锁。经历了这样一个拉锁事件之后，我就不信你会不大喊：“什么破玩意儿！我要投诉厂家！”（你永远也不会真的去做。）

**孩子们在你一定要早起的时候就是不起。**

周六哪儿也不用去的时候？噢，他们早上四点就醒了，在床上蹦着大叫：“跳起来！”还要告诉你他们流鼻涕了。还有，能不能看《少年黑客》？

可等到周四早上六点闹钟响了，你有事必须出发的时候……他们却睡得呼呼的。这是什么情况？

更不用说，当婴儿第一次能熟睡一整夜的时候，那个会走路的本该好好睡觉的家伙会醒来至少两次。

**因为不睡觉错失良机。**

因为要开一小时的车，你希望孩子能睡着，自己能安静地听会儿收音机，可他会一直哼唧直到快到家了才睡着。那时候你会一边坐在家门口的车里安静地喝口水，一边想又是一个因为他不睡觉而浪费的机会。因为如果他睡在床上，你就可以晾衣服了，还能看《德雷德法官》。

那当他确实在他的小床上睡觉的时候呢？要么壶里水开的声音成了闹钟，要么你刚坐下想喝杯茶的时候，门铃响了，家里来了一堆亲戚。“我们没打算干什么。”你会这样告诉他们，暗中痛心失去了本该不受打扰的安宁时刻。

关于婴儿睡觉的墨菲定律，也包括重要事件发生的时候。我最好的朋友最近打电话和我聊到她带着孩子去参加两个婚礼和一个葬礼时说：“她一直睡得好好的，直到新娘以及棺材到达的那一刻，好像她能感应到那个重要性似的。”他们就是知道啊。

**孩子偏在不方便的时候拉屎。**

你会一边嘟囔着“真该死！”一边气愤地拿出一片新尿不湿。（通常是你刚刚给他换完。好像婴儿最喜欢干的事就是在新换的尿不湿里拉屎。）因此，在去任何人家之前都要留出至少四十分钟的富余。当然，等你终于出了门（而且也把孩子在安全座椅上系好了），他仍然会不知道用什么本事又挤出一坨屁屁或者又吐了一堆。这时候，你会不顾一切地往超市[①]开去。

其他关于拉屎的墨菲定律包括：在餐馆饭菜刚上桌的时候，你刚被医生叫去诊断的时候，还有任何你没带婴儿湿巾的时候。在任何地方，我都不敢想象没带婴儿湿巾的情况（就算没有孩子我也特别喜欢湿巾），但是，有一次，我真的没带。必胜客的厕纸无法应付一场孩子们的屁屁大轰炸。

**就在你计划好晚上出去的时候，家里疾病暴发。**

在你还没来得及洗一下头发时，家里一个或者所有的孩子开始呕吐的时候，你今天晚上的自由就被杀死了。这样最好，反正也没有衣物清新剂能给牛仔裤用了。

同样，在你好不容易找到了一个可以帮忙照看孩子的人，而正要出门度假的时候，小孩生病的厄运会突然发生。

---

① 原文为 Sainsbury's，是英国最大的连锁零售超市。——译者注

**Hen do[1] 游戏，三十岁生日派对和所有娱乐活动安排在你怀孕八个月的时候。**

如果待在家，你会失落地坐在沙发上喝着茶看《舞动奇迹》[2]。如果去，你会是臃肿、流着汗并清醒的孕妇（而且为此付出了代价）。怎样都不好。

如果生完孩子，而且你确实喝了一杯（或者四杯）加了汤力水的杜松子酒，那可以肯定，你的孩子们基本一整晚都不会睡觉。八个月时的睡眠减退？[3]“爸爸妈妈怎么就不能出去享受一个正常成年人的夜晚呢，臭孩子们！”

告诉你：他们就是知道。

然后是最烦人的墨菲定律……

**你的孩子在别人面前表现得完美无缺。**

与其怪罪墨菲定律还不如说是你运气不好。不是因为你的孩子表现好，当然，表现好我热烈欢迎。问题是，你的孩子总是把这种模范的表现都献给了别人，这太不公平了。在你这儿时总是很惨，你得到的是发脾气，大哭大闹，有时候是屁屁轰炸。

“他可真是个好孩子啊，完全是理想中的小男孩儿！”别人照看过亨利以后告诉我。

“啊，什么？”我一下子没反应过来。

他坚决不肯坐婴儿车的时候，他故意把杯子扔在路上的时候，因为三明治不合胃口而故意把他的头撞在桌子上的时候，他是理想中的男孩儿？当他晚上不肯睡觉白天又哭了一整天，你因为没睡觉

---

① 一种游戏，一个人用右手把别人狠狠打倒，然后再捶一胳膊肘。——译者注

② 《舞动奇迹》，英国收视率极高的一个名人交谊舞大赛真人秀节目。——译者注

③ 原文为“sleep regression”，指婴儿发育过程中的一种现象，普遍发生在婴儿四个月大时，也可能发生在以后任何时候。由于婴儿大脑在发育，他们开始学习很多新事物，爬行、走路、说话，等等，这使他们的大脑变得兴奋而不肯像以前睡得那么多。——译者注

而太累了的时候？当他不肯让你换尿不湿，又踢又尖叫又打滚，好像你在折磨他（其实你只是想给他擦屁屁），屁屁后来被蹭到了所有他滚过的地方的时候？

“我们照看他的时候他可一点都没有这样啊。”

“这样啊。”我心想，真神奇。刚开始我的结论是（基本总是）那一定是我的问题。他一定是嫌我这个妈当得不好，换尿不湿笨手笨脚。我带他的日子他不听话，是因为他知道我不配做他妈妈。

但是过了几年（和有了另一个孩子）后，我开始接受现实，对我们大部分人来说，小孩就是这样。

小孩就是在父母面前表现得最差。我确定我不是唯一经历这一点的妈妈，我从其他家长那儿听到的故事证实了这点。一次我遇到一位父亲告诉我，有一段时间他和妻子都坚信儿子和他们有仇。爷爷奶奶告诉他们孩子好得不得了，幼儿园阿姨说照顾他太容易了。他告诉我，这是个阴谋，因为他们的儿子在家简直就是惊悚电影《凯文怎么了》里凯文的幼儿版。

他告诉我关于幼儿凯文的故事时我笑翻了天，但是，在这幽默当中，我能感觉到他们真切的担心，以及对于同一个孩子在自己面前像个十足的小浑蛋，在别人面前却完美得像个小天使的难以置信。

总的来说，我觉得我们应该记住，这完全不是真正尴尬的时刻。他们能好好表现，我们对此该感到欣慰。在大部分时候我的儿子们完全是“理想中的男孩”，别人愿意照看他们，否则我可不敢想……

但是诚实地说，我承认（而且不是骄傲地）有时候我发现自己甚至希望我的孩子在别人面前胡闹。希望别人说：“天哪，今天他们真难对付！”这样我就可以对他们耸耸肩，回答一句“欢迎来到我的世界”。可能我只是需要别人相信我，为什么坚持说这件事特别地难。

我想我已经多次提到了这一点。不好意思。

## 出去，出去！不管是去哪儿！

回想我当妈以后经历过的最糟的日子，那些我感到完全不知所措、沮丧透顶和枯燥无聊（而事后又为这些情绪感到内疚）的日子，我总结出一个规律——我花了太多的时间待在家里，基本没试着出门。

作为一个新手妈妈，我总是错误地认为待在家里更容易。即使在只有亨利一个孩子，少了一个费劲地弄进车里又弄出来的孩子的时候，我也总是先入为主地认定待在家里会少很多麻烦。主要是因为有了小孩以后，不可能在计划好的时间出门。你和朋友说十一点左右碰面，结果你一弄就弄到十二点半，这时朋友马上要吃午饭了，而如果你在一点多以后才到，孩子就该午睡了，所以也没必要去了……

另外，在我觉得累而且身体有点儿弱的时候，我也认为在家更安全。

在家绝对没那么多风险。

不会让别人看见孩子大哭大闹；不会在星巴克发现孩子吐在了一个陌生人身上（没错，有过那么一次）；没有把不听话的孩子折腾进婴儿车（他把身体挺得像块地板）的尴尬场景；硬着头皮丢脸地用一块青蛙巧克力来哄他，心里却压抑着想大喊："我知道他尖叫半个小时了，根本不配得到奖励，可我不知道除了青蛙巧克力还有什么办法能解决问题！"（边想边哭。）出门就会有所有这些麻烦。最好还是别冒险，对吧？

实际上错了。

我现在意识到整天待在家，是一个糟透了的主意。

对比一下待在家的几百天和出门在外的几百天，我发现，毫无疑问后者更容易。尽管出门具有明显的挑战性（比如要带成堆的东西，冒着会崩溃的风险，还要担心天气），但是没有任何事对人心理上的折磨，比和一堆孩子困在家里更大。我们总是想当然地认为居家生活会温馨舒适，充满了妈妈心灵手巧的手工游戏，而事实却是在家的大部分时间都糟糕透了。通常我跑来跑去地分拣堆积如山的脏衣服，同时监督孩子用什么磨牙（"别咬手机充电器！亨利，把充电器从他嘴里拿出来！"），随时准备擦屁股，无数次地烧开水。

当我终于坐下来要喝那杯不冷不热的饮料时，总会有人开始哭。在家的一天真的太太太长了！当你要伴着早教节目的背景声，跟孩子好好说道说道（比如关于你刚发现的贴在暖气片后边的酸奶葡萄干）时，每分钟就像四分钟一样长。

妈妈心灵手巧的手工制作更是惨遭厄运——通常是亮晶晶加黏糊糊——这时候我真是怒火中烧，因为孩子明明特别要求过要五种颜料和五支颜料笔，可等我摆好了该死的图画桌，他却只想要一支荧光笔（我仅存的两支工作用笔中的一支）。

早间新闻开始的时候，我通常已经晕头转向了。我都不能看史考夫采访那个长了两个阴茎的家伙，因为亨利嘟囔着他要看电视，我知道孩子们看电视多了有成为方眼人[①]的危险，所以我把电视关了。有时候，我从 11 点 15 分就开始准备午饭，因为吃完午饭下午就算正式开始了，不是吗？我知道这是很愚蠢的逻辑，而且事实上，我只是想让下午早点儿到，毕竟“午饭后”听上去离他们老爸的救援时间近多了，离睡衣、牛奶、读书、睡觉，也就是我们说的“晚安一条龙系列”近多了。我觉得自己真不该在应该珍惜每一刻的时候，希望时间快快过去（你好，又来了，内疚妈妈），但盯着表看时间，是当你今天、昨天、前天，天天都在同样的四面墙里转来转去的时候，很容易养成的习惯。

当詹姆斯问我：“今天过得怎么样，宝贝儿？”我回答：“恶心。我讨厌待在家，我讨厌产假，我讨厌每一分钟过着这样的日子。”这说明我肯定是在家待了一整天。同理，如果我回答“实际上挺不错的”时，我和孩子们一定是做了点什么，去了某个地方。

当我说“某个地方”时，我指的不是家里的任何地方，也不单单指图书馆、婴儿派对以及去别人家玩（虽然这些都有它们的好处），主要包括露天花卉商店和大型露天购物娱乐中心。在购物娱乐中心探索“小型动物园”（也叫宠物之家）和在花卉商店的树篱区疯跑，能给我们带来长达几个小时的快乐！有很长一段时间，亨利一直问我什么时候能再去“橘黄色的商店”，我死活都不明白他是什么意思。“有游戏房子的橘黄色商店。”他解释说。他指的“游戏房子”其实是库房。原来他说的是卖家居装饰建材的百安居。

---

① 原文为“Square Eyes”，形容人看电视时间太长，眼睛都看方了。——译者注

所以我们有时候去百安居，不是为了买一个新钻头或者一些白色的墙面漆，只是想在工作日中的某天去玩玩，做点儿什么。（“亨利，咱们去百安居怎么样？”“欧耶耶耶耶！”）于是我们去看那些库房（有些店，他们真有游戏屋）。我用购物车推着祖德，我们还对去买钻头和白色墙面漆的人们招手……我知道，承认我们从逛百安居中找到乐趣让我显得像个十足的神经病，可事实是，这可以消磨时间。停好车，到处闲逛一下，站着看一会儿家用壁炉，然后再回家，大概一个半小时就过去了，而且没人会哭。

我认为这就是出门的终极目的：把时间分成可以掌控的小块。即便是去一趟牙医那里，也能把漫长的一整天打破。我们去哪儿，做什么，并不重要——跟待在家里，我一边生气一边暗自盼望着孩儿他爸救援时间的到来相比，出门就是好事。

以上就是换环境的必要性——孩子们需要，而且，我也需要。主要是我需要换下睡衣的动力，我整天郁闷地穿着它，人都发霉了。偶尔，我醒来时会产生在家舒服地待上一整天的想法，不过现在，当我听见自己说：“今天我们就待在家好不好，孩子们？”我大脑中更明智的一部分就会被激活大叫：“愚蠢的主意，重新想想，马上。”除非我们有谁真的很不舒服（因为身体情况不能出门），我会确保每天至少出去一次。偶尔，我们会在一天之内既去宠物之家又去百安居。

那些日子，我可是生活的赢家。

没人会告诉你糟糕的日子会在何时出现——我感觉大部分时候都是。

**简·格拉斯哥的评论的留言**

# 可气又可笑的孩子

当亨利是个婴儿的时候，他经常从振动摇篮里好奇地望向我，也许是对我的自言自语有点儿困惑，也许他有点厌倦了第十次的躲猫猫游戏，而且在想：“天哪，别再来‘妈咪去哪儿？’这老套的游戏了，你不就在那块破棉纱后面嘛！有什么稀奇的……”

除了拍手和摆手，你没有多少互动可以跟婴儿做，对吗？我当时盼着亨利快点长大，那我就能和他正常交流，玩一些正常的游戏了。

如今他长大了很多（今年就该上学了，天哪！），真正的互动玩耍才刚开始。我也对此感到高兴，因为此前幼儿阶段的游戏和活动，确实有些太滑稽了。实际上，那时你完全不能真正和孩子玩游戏，虽然你会努力地试一试。

现在祖德即将进入幼儿阶段，我又要重新准备应付这一切了，不过，这次我（很大程度上）了解将会发生什么。

如果你的孩子还没到这个阶段，以下是一些值得期待的点：

**捉迷藏**

准备好你不动声色的表情和惹人烦的家长腔（你知道的，如果不知道，就是比平时高八度），因为你的孩子会告诉你他要藏在哪儿。“妈妈，我会藏在桌子底下。”好极了。更好的是，等数到十，你会发现他很明显地躺在沙发上，只用一个靠垫遮住了脑袋，还兴奋地咯咯笑着，还有可能在放着屁，而一系列的“这儿没有他！”的猜谜就开始了。

起初是挺有意思的，可是当你第七十六次在客厅里“找”这个明显的离谱（有时候还能闻见）的小家伙的时候，就变得没趣了。

有时候，你可以利用这个游戏，让孩子藏到楼上，然后数到至少一百，接着时不时地喊一句“嗯，他不在厨房！”或者“绝对不在这个柜子里！”而这时你正在脸书上看一个老同学的结婚照。如果运气好，这可以给你十分钟的空闲来分拣洗好的衣服（或者吃一块巧克力）。如果某天运气格外好，小家伙会藏在一个舒服的地方，然后等你去的时候他已经睡着了。

**足球**

“我是利物浦队，妈妈！你是切尔西队。”棒极了。终于来了个真正的运动。球门设好了，婴儿被固定在餐椅里以免被撞到，你扭动身体去“救”那个永远也到不了球门附近的球……然后孩子开始哭。

“不要截住球，妈妈。妈妈！球要进。”你关于这项运动目的的解释他才不听，之后你也不想再解释足球运动的目的了，因为基本上你会全程站在那儿夸赞他从 5 英寸[①]外向一个没人守的球门里的

---

① 1 英寸大约相当于 2.5 厘米。——译者注

“射门”。这游戏最近在我们这儿有了改善，因为我学会了假装试着救球（不过我当然不至于傻到真的去截住他射出的任何一个球）。

**《冰雪奇缘》**

迪士尼 2013 年的这部冰雪主题的动画片风靡了全世界，所以你的小孩想要把它“演出来”。对于午饭前玩一点业余表演，我其实还挺激动的。总比那让人无聊到抓狂的足球好吧。

“你演安娜，妈妈。我是艾莎。我要走到那个门后边去。”

好极了。第二幕第一场开始……

我：（咳嗽，准备在门口唱歌）“你想堆一个雪人吗？”

孩子：“想啊！想！”

捂脸。无语。他看过一百遍了，可是对片子的主题没有一丁点儿的理解。晚上詹姆斯下班后，我向他解释这件事让我多么恼火，而不出所料，他对我的恼火笑翻了天。我气呼呼地站在厨房里，对我们关于《冰雪奇缘》的演绎越想越生气，我听见自己非常认真地对丈夫说：“他明显不想堆一个雪人。这才是关键。”这时我意识到我的生活变成什么样了。

**任何手工**

观看心灵手巧的妈妈们的 Pinterest[①] 图片墙，你会产生很多充满希望的想法：在家里跟孩子围坐在桌边画素描，画水彩，做粘贴画，等等。尤其是在一个下雨天，一定有非常温馨的家庭气氛。可是当你有一个摇摇摆摆、随便乱跑的小孩在身边，你已经想好了要做成什么样的，因为根本做不成而想大喊“你做得不对！”的冲动，实在太难压抑。

---

① Pinterest 是一家以兴趣为基础的社交网站，在 Pinterest 上可以通过图片墙发布图片，2011 年被评为“美国最受欢迎的十大社交网络”，是欧美主妇的天堂。——译者注

有一次，我拿出一大堆有趣的手工材料（烟斗通条[1]，棉绒，亮闪闪的卡片，甚至还有一些塑料金鱼眼）准备和亨利一起来做一个立体的绵羊。当餐桌被改造成艺术创作桌的时候我充满希望。可结果是，亨利把棉绒沾到了他的手指上，金鱼眼粘到了他的椅子上，烟斗通条捅进了鼻子里。最后我一个人匆匆弄出一只毛茸茸的绵羊（然后展示在厨房里，署名“亨利作品，两岁”）。

我是在自己骗自己。（但是顺理成章地，今年我还得做同样的祖德两岁的立体绵羊。这才公平。）

**玩具汽车**

这个游戏很简单，但也很无聊。你趴在地上，“开着”一辆小小玩具车跟在你孩子的小玩具车后边。有时候，这是一场赛车，你嘴里必须要发出令人烦躁的发动机轰鸣声。

第一条牢不可破的规矩是：你的车更破。第二条是：你永远不能赢。

亨利后来让这个游戏变得有趣了一点儿，那是他上学前班第二周的时候，有一天我必须提前去接他，因为他吞掉了一个小玩具车的车轱辘。等我询问了他整个事件的过程之后，对于他说的，他百分之百没有故意把车轱辘放到任何接近他嘴巴的地方，这一事实感到欣慰。“它自己飞进去的，妈妈。”

那当然了，我的小匹诺曹。

实话实说，当你的孩子可以自由行动的时候，不光是“游戏”“有趣”，这才仅仅是个开始！准备好吧，还有那么多其他的……下边是我认为这些孩子实际上不可爱反而很可恶的主要原因：

---

① 一种专门做手工用的材料，中间是细长的软质铁丝，外面包着各种颜色的短绒线。——译者注

**他们挑衅你**

在公园里，当你威胁他们说要走了的时候（“过来，该走了。你不走我走了——好吧，拜拜！”），他们会瞟你一眼，像是在说“你走啊”，然后大模大样地向着滑梯走去。这些小浑蛋！你只能面对丢脸的现实，又从门口走回去，把他们拎起来拖走。这时候那些听话孩子的家长，会假装没看见。

**他们偷听你说话，而且只重复不好的内容**

如果叫他们跟你学着念字母表或者从 1 数到 10，他们会选择装没听见。但当在路上碰到浑蛋司机，你不小心骂人的时候，你会清清楚楚地听见“嘿，你他妈的！”从他们嘴里冒出来。

**在公共场所，他们躺在地上**

通常是因为不久前在公园的争执。他们总是能用这小把戏赢过你，因为他们不在乎别人怎么想。他们会直挺挺地躺在地上拒绝起来，所以你不得不把他们抱起来，揪住他们的外套帽子将他们拉出商店。（注意有些外套帽子是能摘下来的。我发现这一点，是当我试图把一个像世界末日要来了那样大发脾气，然后又大声尖叫的亨利

我讨厌玩玩具汽车。唉！所以我尽量让这对我自己来说变得有趣：“看啊，汽车正开向厨房。噢，它开去了饼干柜。”

**丹尼·索桑普顿的评论的留言**

从慈善商店门口的地上拽起来的时候，而那是因为我不肯给他买一个有空气刘海的裸体芭比娃娃。）

**你让他们吃什么，他们偏不吃什么**

你说给他们最后一次机会让他们好好把东西吃掉，不然就扔垃圾箱。

他们不吃。

然后扔垃圾箱了。

然后他们就要吃了。

**他们泄露你作为家长偷懒的秘密**

如果被问道："你今天干什么了？"他们忽略你努力做一个好家长的所有行为（"看会儿贝比思[①]就当放松了！"），而是回答："看吉格比兹[②]！""吃薯条！"或者"一边吃薯条一边看吉格比兹！"

**他们在不方便拉屎的时候拉屎**

不管是穿着尿不湿还是需要你帮忙上厕所，他们专门等到了别人家才说要拉屁屁，或者到了恰巧没有厕所的超市时偏要拉屁屁。

**他们利用你的贿赂**

就像我已经承认的，我和孩子之间很多协议的达成完全倚仗我答应给他一块饼干。"发脾气绝对不能得到奖励。"人们说。当然，原则上我们都同意。但是当一点儿觉都没睡成，非常疲惫地去商店买完东西，在公交车上身边还有一个火爆的定时炸弹的时候，我会悄悄地说："如果你不再哼唧了，我就给你一块饼干。"

**他们哭，是因为累了**

但不肯睡觉。

而经历了所有这些，当他们睡着的时候，或者给你一个拥抱的

---

① 原文为 CBeebies'，是 BBC 旗下一个幼儿在线英语学习平台。——译者注

② 原文为 Gigglebiz，是一个英国儿童电视节目，表演一些真人秀的喜剧小品。——译者注

时候，他们还是那么可爱，能让你原谅所有不好的事情，接受他们在未来二十年都会造成你头疼的事实。

他们也许是小坏蛋，但只是你的小坏蛋。

在我弟弟的婚礼上，坐在我们桌的一位客人说了句“他妈的！”，而我 18 个月大的孩子决定重复一遍。在婚礼录像中，你能清晰地听见我们试图阻止他重复说“他妈的”，鼓励他说点别的。

“一只奶牛说什么？”

“他妈的！”

“一只狗狗说什么？”

“他妈的！”

**来自西苏塞克斯的马克的留言**

# 易怒的妈妈

生孩子后我感觉自己整个人变得更爱生气了，脾气更加暴躁，动不动就急眼。后来我跟很多妈妈都聊过，发现不止我一个人有这种变化。

我发怒的时候自己都能感觉到自己在遭受折磨，因为我的愤怒基本都很没道理。以下是一些让妈妈发飙的普遍诱因：

**乱占母婴专用停车位**

我们都遇到过一些不守规则的人随意地将车停进母婴专用停车位，他们车里明明没有孩子或者有个十六岁的孩子。当我将车停进一个普通车位的时候我就会对这样的人怒目而视。因为在一个普通车位的空间里，我要把婴儿从儿童座椅搬出来，还要看好正挥舞着激光剑下车的小孩，这样不剐蹭到旁边的奥迪几乎是不可能的。

**iPad 电池续航时间太短**

iPad 里装有愤怒的小鸟和乐高儿童游戏，让孩子玩这些游戏经常是我能做点自己事的唯一方法。充一次电用一早上是不可能的。“还剩百分之五的电量”在警告我：麻烦真的要来了。我说“真的”的意思是，十五分钟不必照看孩子的空档没了，我打算用来打扫卫生间和换掉两周（或者六周）都没换的床单的计划，在没来得及开始的时候就要结束了。

**挡路的人**

我有辆婴儿车。所以如果有四个人并排以每小时两英里的速度逛街，然后突然停在一家商店门口看露脐装，把路挡住的话，我就一定会把婴儿车撞到他们脚腕上。

**别人的孩子**

主要是在公园里。如果我的孩子不肯和别的孩子分享游戏器材，或者大喊，哼唧，还不停地发出刺耳的噪声，这就很烦人了。如果是别人的孩子这样，那就更不能容忍。我经常发现自己生气地隔着攀登架瞪着一个别人家的小孩，我的眼神在说：“我儿子想玩一下。你休想往滑梯上爬把它霸占了，我才不管你们是两个人。”（虽然我接着会对那孩子的家长礼貌地点点头。）

**老公们**

卫生纸卷放在卷纸架上而没有套好，（从牛仔裤底下掉出来的）团起来的袜子扔在卧室地板上，空的麦片盒和果汁桶随手放一边……是在等着仙女来收拾吗？没门！

**没孩子的朋友们压根儿不懂**

没错，我的一切行为应该还像社会的正常一员那样。没错，我还是很想见你的。可是，当你发短信问我想不想半个小时后在市区见面的时候，我能做的只有哭笑不得，这还造成了一点点的小便失禁。半个小时？天哪，有孩子拖累着，如果我能在半天之内准备好就算走运。

**陌生人的意见**

这其实倒不是特别让我烦的事，但是我见过不少易怒的妈妈们怒怼陌生人提供的毫无帮助的建议。（“我知道她听起来好像是饿了。”可事实上她刚被喂过。）而且提建议的总是老人。实在好笑。

**令人“愤怒”的辣妈**

其实她们激起的不是愤怒，是嫉妒，单纯简单的嫉妒。我嫉妒那些有时间、有钱，又有心情做美甲、文眉，还雇得起私人健身教练的妈妈们；那些永远不会穿昨天的衣服，不用因为还能对付一天就不洗头的妈妈们；那些买了时髦的衣服，而且不知道怎么就有本事穿上的妈妈们；那些家里有主题室内设计和应季配件的妈妈们。嫉妒是丑陋的，我知道。我必须摆脱这种想法。我要把这条加到明年的决心里。（但是我不会做到的……）

# 不可信的社交媒体

社交媒体上到处是谎言。

鉴定完毕。

开玩笑的。我最好不要就这样结束（毕竟社交媒体尤其我的博客是我赖以生存的血液，而博客又意外地让我出版了现在这本书）。因此我必须强调，社交媒体有很多让我喜欢的地方，而且，也许听起来可悲，但离了它我大概无法正常工作。有朝一日遇到马克·扎克伯格，我要狂吻他。

我对社交媒体的看法与其说是冲着社交平台，不如说是冲着我自己。作为家长我们该如何使用社交媒体，我们该选择在社交媒体上分享什么？

我花了两年的时间猜测别人都是怎么让育儿看起来那么容易的，他们是怎么做到每时每刻都看起来那么快乐的？他们的孩子是如何一直都那么快乐的？他们的诀窍是什么？逐渐地，收件箱里来自其他家长源源不断的邮件证实了我对于其他父母做得多好多好的评价（以及相比起来我做得多差），大多根植于我在社交媒体上看到的东西。

这是我的错，却也是一个新手妈妈很容易犯的错，特别是当你很累，感觉很脆弱，而且即便刚给孩子买了振动睡床，给他们用让人放松的薰衣草浴液洗了澡，他们还是不肯睡觉的时候。

脸书和其他社交媒体的问题在于，你关联的朋友并不都是真正意义上的朋友。我当然不是说他们是你不喜欢的人，也许只是你不了解的人（或者已经不是很了解的人）：老同学、同事、远房表亲，以及在某人的新娘婚前狂欢派对上一起喝过酒的某个女孩。

我是一个喜欢并擅长在脸书上进行追踪的人。我曾经浪费几个小时去看那些总是比我时髦的同学的家和她们的孕妇装。（如果有我在脸书上的朋友但不是生活中真正的朋友看到这里，而且知道我看了她们三本假期相册，那真有点尴尬。）不管怎样，事实是我仍然不了解她们。我也许知道她们开什么车，孩子叫什么名字，减了多少体重，以及在森林度假村的房子什么样，但是，如果我对她们除了脸书上分享的内容以外一无所知，那根本不能说我认识她们。

我不知道她们是否对自己在生活中的选择满意，而且我当然也不知道她们作为母亲的经历。可当我感觉自己做不好的时候，在瞥了一眼我朋友们的个人主页的概览之后，这种不好的感觉只会被加重。他们的个人主页里充溢着幸福快乐，Instagram 的内容也是一样，有那么多微笑和那么多值得珍惜的时刻。我发现自己对从未谋面的妈妈们的总体幸福状态的评估，仅仅是通过远距离地追踪她们的博客。

如果相信社交媒体，那么除你之外的任何一个家伙都在享受着当父母的一切。那些漂亮的照片有孩子在海滩上玩，自己舒服地坐在长椅上的自拍；有丰盛的大餐；有甜蜜拥抱着的爸爸妈妈的微笑，以及其乐融融、阖家欢乐的氛围。这些理所当然该被喜爱和赞扬。这些都是难得的美好，我们当然愿意分享它们。

我们删掉那些让我们看起来有四个下巴的照片。我们删掉那些孩子们看上去不可爱的照片。总的说来，我们感觉必须分享那些反映好消息、好朋友和好时光的情境，而这些美好通过 Instagram 的 Valencia 滤镜看起来会更加美妙无比。（我发誓，那个滤镜有魔力。当我被笼罩在 Valencia 的柔光里时，我都很喜欢我自己了，这很说明问题，我确实一直以来都想给鼻子做整形。）

当朋友有小孩的时候，我们期待着看那些在医院拍的可爱的照片：婴儿躺在一个塑料小床里，身上特意盖着小兔被子。几周之后，我们也许会欣赏到一张喂奶后被抱在怀里昏昏欲睡的婴儿照，或是婴儿小手小脚的特写。这都是让我们的卵巢大叫准备好了再来一次的东西。（生了祖德以后我的卵巢仍在大叫，我的理智只好不断地告诉它：该死，安静。）我们不知道的是拍这些照片之前发生了什么。日复一日发生的大部分事情，确实没那么值得分享。

不会被分享的，是生活中日复一日的艰难考验和枯燥乏味。每一个儿子们走在海滩上，露出红扑扑的脸蛋和调皮大笑的日子，是十个每天在家里玩着平常的玩具、涂颜色、看电视、吃零食、去公园、再看会儿电视、再吃点儿零食，这样的枯燥循环换来的。每一张他们像小天使一样的好照片的背后，至少还有十张我永远都不会放到我的个人主页里让别人看的照片。每一个“这个小猴子早早就把我弄醒了”的情况汇报，都会在某个时刻有一条“真该死，我累得受不了了”的跟帖。生祖德五天后，我分享了一张我和两个孩子出门散步的照片，看到“哇，你看起来真不错！”这样的评论源源不断地出现，着实让我享受了一下。我非常需要以此来振奋精神。我确实看起来不错，因为我用直发器拉直了三分之一的头发，在车里化了妆，掐自己的脸颊让它显得比我实际看起来的更健康。生育五天后的现实生活却是：有百分之九十的时间我穿着睡袍在喂奶，油乎乎的头发盘成了发髻，脸因为有些缺铁而显得苍白。

我相信我们都是这样的——我们本能地分享用 Instagram 编辑处理过的照片，和那些精心挑选的时刻。没编辑的照片，关于平凡日常生活的帖子，和那些伴随着孩子哭声的喝茶时间的日子，才是真正的新闻。但它们从没被报道。

不过我想我已经感觉到了变化。随着写博客和加入论坛的家长的增多，以及像我的脸书那样的社区的形成（这里妈妈们自由发布那些不那么光彩照人的内容），我想我们开始渐渐找到平衡了。只看更差劲的一面是不是很乏味？在 Instagram 上我看到那些辣妈，她们的孩子总是穿着一尘不染的时髦衣服，她们的指甲油从来不像我的那样从边上剥落，从她们的焙烘视频里可以看到她们的家里有厨房岛[①]，还有色彩柔和的食物搅拌机。我真喜欢她们在 Instagram 里的生活。这是纯粹的逃避主义，我欣赏那些照片的唯美。我笑话她们的完美妈妈、魅力妈妈的生活，只因为我嫉妒（看，我都承认两次了）。

作为一个新手妈妈，我发现我厌倦了那些全是关于“放手去玩”[②]的方式，配着在阳光下的草坪上，孩子手拉手的照片的博客。确实还有很多人想看一些无聊的东西：博客里是孩子发脾气时的照片，和绝望的家长全是脏话的咒骂（把酒递过来）。一些我关注的博客作者大概永远不会写他们在家带孩子糟糕的一面，而同样的，我也不会写我

---

① 厨房岛，较大的开放式厨房里才安置得下，在厨房中间有操作台，下边是储物柜。——译者注

② 原文“Messy Play”，顾名思义就是一种不怕宝宝把一切弄得一团糟的玩儿法，是一种任宝宝自由发挥的、不怕脏和乱的自由玩儿法。——译者注

们全家周末在达特穆尔公园迷人（但是平淡）的散步，以及我野餐篮子里的必备物品。我不觉得写这些会给我的生活增加什么价值，主要因为我们谁也不会穿时髦的衣服，我的拍照水平糟透了，还有，一包米糕加柠檬水就是我为野餐准备的全部食物。我的意思是，对于在网上看到和读到的其他家长——那些你认识的或从没见过面的——发布的任何内容，你不应全信。

所以在这里只是提醒一下大家。我们大概都会继续用 Instagram，我们还会时不时给孩子摆好姿势拍照，然后等他们一岁的时候发布生日快乐的帖子（虽然他们还不会看）。我们只需要记住：社交媒体会有选择性地定格，但它所记录的从来不是生活的全部。当你的一天过得很糟的时候，那里不是寻求帮助的最佳场所。我更愿意用 WhatsApp[1] 给朋友发信息，比如“现在杀了我吧”，因为从他们的回答中我可以得到的安慰，比我从一堵虚拟的墙上的要多。

我说社交媒体是谎言也许有点儿刻薄。“谎言”这词太重了。“对现实有选择性、编辑过的叙述”听起来更合适。我还会继续极大地享受看别人对现实有选择性、编辑过的叙述，当然了——我只需要记住不可全信。

当朋友们在脸书上看到我度假的照片时说：“看来你过得很愉快啊！”我只能回答：“是啊，看起来是，不是吗？”有意思的是，我没有拍我丈夫发了半小时的火（因为他忘记把野餐包放哪儿了，而这不知怎么成了我的错），还有孩子们互相狠揍对方。

**来自伦敦东南部的劳拉的留言**

---

① 一款可以即刻收发信息的应用程序，类似于微信。——译者注

# 生孩子的好处和坏处

注意到家长们倾向于选择性地编辑帖子，我总结出了以下关于有了孩子的生活是什么样的几个要点。真心希望这是不偏不倚的评估……

先说最坏的。

## 让人头大的一些事

### 噪声

哭闹，哼唧，尖叫，大喊“妈妈，妈妈，妈妈，妈妈”，有时候这些是不间断的。各种大声喊出来的要求组成的交响乐一直穿透你的脑袋，你为了发泄愤怒，把烤盘向着厨房对面扔过去（有可能，这只是我听说的）。噪声还要加上一堆有声音的玩具的声音，这时你会发现给另一半发的短信只有一条明确的指示：买瓶酒。

### 总是迟到

不管几点起床，有多久的准备时间，即使前一天晚上你已经把包整齐地收拾好了，按时出门几乎也是不可能的。就在我们要走的时候，亨利每天的大便时间到了（花了十五分钟，他同时在看玩具[①]目录，没错，真的）。然后突然声称自己饿了而且要饿死了（但是任何一个孩子都不要苹果）。接着他大喊：“我的外套在哪儿？”经历了这些，我们基本上都会迟到。我总是满头大汗，而且总是有什么东西忘了带（我拒绝回去拿，除非忘带的是婴儿湿巾、尿不湿或者一个孩子）。

没孩子的时候，我午餐约会能非常准时地到达。现在我是那些让人讨厌的人中的一员，只能说：“抱歉，我要迟到一会儿。”也许还有：“噢，天啊……咱约的是今天吗？”

### 吃饭

关于吃饭发生的各种“险情”我能写整整一本书。我注意到大多数有头脑的父母都等孩子们上床睡了之后，才开始泡自己的茶（还有做晚饭，我猜他们不到晚上八点不会吃饭的）。也许我们是奇怪的少数，因为我们都是在晚上六点左右一起吃饭，而且我们吃的都是同样的东西。到晚上八点吃饭我会饿死，再说，那差不多是我睡觉的时间。他们怎么能等那么晚？

让孩子穿鞋这么一个简单的要求让我每天至少能老十岁。

**乔安妮·克劳斯特的留言**

① 原文为 Smyths Toys，是一家爱尔兰大型玩具店。——译者注

总之，和一个婴儿以及一个三岁小孩一起吃饭，经常是巨大的灾难。但显然，会好起来的，所以我要坚持。在好日子到来之前，我要继续在往嘴里塞米饭的同时，捡起祖德扔在地上的饭菜，还要贿赂亨利吃掉他那份蔬菜（“如果你吃掉你碗里所有的青豆，我就给你一块饼干”）。

**缺少睡眠**

我知道这显而易见，但睡眠难道不珍贵吗？一整夜的安睡像一瓶神奇的活力药水，我们在产科病房突然失去了它。（我隔壁床的女人把事情搞得更糟，她不断地吵醒已经十分烦躁的亨利，因为她在对自己的婴儿喊：“噢，不，我的宝贝。别哭，我的宝贝。”我只能猜想她的孩子已经聋了。）

记得一个月又一个月，在凌晨三点，我一边给亨利喂奶一边筋疲力尽地在二手购物网站[①]上闲逛，似乎在凌晨三点我从来没有不是醒着的时候。有一次，一包二手婴儿衣服从我家冒出来，而我一点儿也不记得什么时候买过。我是在神志不清的时候买的？

**儿童节目**

从哪儿讲起呢？虽然在任何情况下它都能“救命”，但你还是会和儿童节目发展出一种爱恨交织的关系。爱是因为每次它能给你半个小时的空闲来打扫（看脸书），恨是因为有些实在难以忍受。比如《泡泡孔雀鱼》，那个节目非常烦人。而且有一天你会忧心忡忡地意识到，你已经看了至少五遍《小猪佩奇》，你在网上讨论《宝贝老板》里提姆和宝贝老板不现实的完美行为，而且关于庞蒂潘迪小镇的居民你已经有了一套理论。（诺曼·普莱斯会是消防员山姆神秘的私生子吗？他们都是棕红色头发，这绝对是做个亲子鉴定

---

① 原文为 eBay，一个可供网上买卖商品的电子商务平台，类似于“咸鱼”。——译者注

的理由。）更别提《花园宝宝》了，到底在讲什么？

**小孩很恶心**

确实恶心，当然不是在所有的时候。有时候，他们很可爱，不过你生活中很大一部分时间要花在给他们擦屁股，闻他们的裤裆确认是否干净上（我是说你孩子的裤子，你不应该对一个成年伴侣这么做）。训练亨利上厕所理论上是成功的（他不再带尿不湿而是用坐便器了——全面胜利），但是当我第一次看到塑料坐便器里一坨完整的屎时，我觉得我还是没有做好足够的思想准备。没错，那儿就是它应该去的地方，是我鼓励亨利拉在那儿的。“儿子真聪明！干得好，宝贝儿！”我笑眯眯地说，但在去把这盼望已久的训练成果往厕所倒的路上一个劲儿地干呕（赶紧用马桶刷和漂白粉清洁了厕所，打开楼下所有的窗户）。

在过去一年网友们发给我的照片和故事里，我曾见识了很多孩子让人恶心的新高度：屁屁抹在墙上，父母不情愿地用嘴接住婴儿的呕吐物，小孩偷偷吃狗粮，婴儿从地上抓自己的鼻涕吃……我就不往下说了。

**逛街**

我不知道我为什么要用带孩子购物来折磨自己。我说的不是去大型超市而是买衣服，去市区逛街。我知道会发生什么，可我还是去冒了这个险。

最近一次去市区，我在服装店尴尬地管不住超级活跃的亨利时，麻烦就开始了。像平常一样，一开始我用非常克制的声音说话：“亨利亲爱的，咱们不乱跑。过来，好不好。”……最后则是用脱口秀主持人杰瑞米·凯尔那样的声音尖叫：“回来！今天不许玩儿 iPad，还有，你不准过圣诞节了！”（没错，继续这些我永远落实不了的威胁。）整个行程都由谁要奶瓶、谁要上厕所来决定，而我最终放弃了快速逛一下我想去的服装店的想法。带着小孩，你就根本别指望能迅速逛一下任何地方。网上购物才是王道。

**生病**

当你有了孩子，你就不能说你病了，就是真的病了也不行。你要喂奶，给孩子穿衣服，还要哄他们，这些小家伙会让你头疼加重，还会问你的眼睛为什么肿了。我清晰地记得那些我真的病了，而詹姆斯不能请假的日子有多么让人痛不欲生。这一切总是残酷地提醒你，你自己的需求真的已经不再那么重要了。

**没有隐私**

确实，什么都没有。我不介意儿子们看到我裸体，不介意他们看我上厕所，不介意他们看我买卫生棉条。但有时候，只是有时候，如果能不受打扰地刮腿毛、小便，或者选择女性用品就太好了（这些毕竟是要交税的奢侈品）。现在，我把一个独自上厕所的机会，看成是“我的独处时光”。我想一定不是只有我一个人这么觉得，但这还是有点儿让我感到悲哀。

不过，当然也不全是坏的……

在超市的时候，我三岁的儿子想显得时髦，他非常大声地说（当我拿起一些卫生棉条的时候）。“没错，你需要更多棉条来捅屁股，是吧？”

**无名氏，温莎的评论**

## 让人欣慰的一些事

### 他们无条件地爱你

不要低估一个拥抱或者一个微笑的力量。他们的小胳膊圈着你的脖子，小脸依偎在你怀里，简单的一句“我爱你，妈妈”，或者他们让你无法抵抗的一个笑脸和向你伸出的胳膊，都足以让你的心融化（如果他们不是马上接着说“我现在能吃块饼干了吗？”就更好了）。有些时候孩子们弄伤了自己或是对什么感到疑惑，只有我或者詹姆斯拥抱他们一下才会好。他们想要妈妈和爸爸，他们需要妈妈和爸爸，虽然这在很多方面毫不奇怪（我们和他们生活在一起，是他们的依靠），但我还是觉得无比荣耀。这骨血相连的外在表现真的非常特别，有时候，这足以把“这有什么意思？”的一天，变成“我们是不是很幸运啊？”的一天。

### 笑声

我承认，我总是说有孩子的生活多么让人沮丧，但孩子们对此最大的弥补就是他们的笑声。和孩子们一起生活总是让人捧腹大笑，不仅仅因为他们喜欢光着身子张牙舞爪地学《星球大战》里的楚巴卡，还因为他们说最可笑的话。那天燃气公司的人来维修热水器，亨利自信地给予人家肯定：“是个男人。没有女人的屁股。”我笑得都喘不过气了。（自此我才明白了，为什么大部分家长在孩子面前谈到性器官的时候要用讳称，不过我似乎没意识到这点，我直接告诉亨利它们是什么。）

亨利不时地问我能不能给他读肯德基（KFC），其实他是说《圆梦巨人》（BFG），可是，不好意思，他脑子里一定是最先想到肯德基。感谢所有那些我不想做饭，而叫詹姆斯去肯德基买全家桶的晚上。当《超能陆战队》在电影院上映的时候，亨利在电影院里说他特别想要一个“《超能陆战队》性玩具”[①]。周围一片窃笑。

有时候，我们放些音乐，然后看两个儿子光着身子在厨房里跳舞，一点儿也不害羞，他们疯狂的舞蹈动作让我笑出眼泪。我家每天都有欢声笑语，而且，尽管他们总是临睡前捣蛋，但他们咯咯地笑声能照亮整个房间，帮我度过了很多艰难的日子。

我三岁的孩子管“炸鱼条”叫“屁屁条”（我们花了很长时间才不笑这个了——实际上，我们还是忍不住笑），“煎饼”叫“垃圾饼”，我们还没吃完呢。

**海迪·诺威奇的评论**

### 圣诞节

小时候我很喜欢圣诞节，长大后却总是感觉它缺少了一些吸引力。它更多地意味着公司的圣诞派对，有几天假期，可以大嚼火鸡和巧克力。

重新点燃对圣诞节的热情是在有了孩子之后。一想到装饰圣诞树、包礼物和孩子们发现圣诞老人来过了，我就激动不已。圣诞节提醒你过去一年所有的坎坷都是值得的。另外，孩子在圣诞节当天可以想吃什么吃什么，所以不会有争吵，即使是在晚餐的餐桌上。（也还好，因为亨利看到 2013 年的圣诞晚餐时大喊：“恶心！ 拿走！”）

---

① 《超能陆战队》的英文原名是 *Big Hero Six*（六个大英雄），“性”的英文是“sex”，小孩把“sex”和“six”弄混了。——译者注

**度假**

坦白说，度假的经历大概包含孩子所带来的最好和最坏的方面，因为带小孩去任何地方旅游，不管国内还是国外，都不是以前那令人放松的海边度假了。我最好的朋友很明智地把带孩子度假形容成“一样的破烂事，只不过地点不同”。从很多方面来说，没毛病。

但度假还是有它不同寻常的地方。也许是逃离日日面对的四面墙，也许是发现自己远离了在家要做的堆积如山的家务——不管是什么吧，我总是感觉度假的时候更放松，度假时跟孩子们在一起更开心，不管他们是不是还像在家一样发脾气。去年夏天，祖德在康沃尔郡的克兰托克海滩上摇摇摆摆地走，对于可以四处探索的自由他高兴坏了，詹姆斯和亨利在用沙子建城堡，而我闭上眼睛尽情享受灿烂的阳光，那是如此幸福的时刻，一个我希望能永恒封存的时刻之一：一切都太美好了。

**未来**

说到底，一切为了未来，不是吗？在严重缺觉的那些最痛苦的日子里，当我连叹气都会被一个孩子打断的时候；当我把最瘦的一条紧身牛仔裤扔掉，因为穿上已经太不现实了；当我怀疑我们以后还可能再度假吗……所有这些时候，我会想，五年以后，十年以后，甚至二十年以后，那时候，我现在的小宝宝们会在学校闹翻天，或是在少年时代把女孩子带回家，或是有了他们自己的孩子……这些时候会到来的，那时候我会庆幸，我们两个人创造了这个四口之家和它最重要的幸福配方：一家人。我们是一家人。

这才是最棒的好处。

# 五

## 让自己放松一下

“情绪波动并不意味着你不是好家长。”

# 给“红大衣妈妈”的公开信

亲爱的“红大衣妈妈”：

你可能不记得我了。

上周一个雨天的下午我在公园见到了你。我当时一直想回头对你微笑，因为我感觉你那天过得很糟。你看起来真的很痛苦。你的孩子们在胡闹，而你脸上的表情在说：“我的生活什么时候变成这样子了？”我能看出来，因为我自己平时不是这副表情，就是“有没有人来停止这一切啊”的表情。

因此我对你说：“这些孩子简直是噩梦，是不是？”你对我报以一个小小的微笑。

你一边留神着你那个已经会走的小孩（他把两只鞋都脱了，从攀登架上扔了下来，还拒绝自己下来），一边又要照顾身边的婴儿，这孩子——看在老天的份上！——你没法让他不哭。当然，也许你选择不和我聊天，是因为你听见我儿子朝着其他孩子喊“放屁裤灯笼裤，屁股屁股头”（他经常这样）。

不过我暗自怀疑，你实际上更被自己孩子的行为所烦扰。你脸涨得通红，显得很窘迫。

我只是想说点儿什么。

我想告诉你，那天你真没必要觉得尴尬。没错，你的孩子们那天确实讨厌透了。但那反映不出你的育儿能力。你可以冲他们发脾气，小声地咒骂，哭，拿出救急的水果糖贿赂他们，做任何你需要做的事，但是请别回头看——好像在等待带有偏见的目光。

我们有相同的经历。

我理解，真的。当我的大儿子为了不回家而策略性地装出像《哈利·波特》里被魔法诅咒的软绵绵的果酱腿的时候，我只能像拖死狗一样把他拽出游戏区或者足球场，那时候很难不注意到人们的目光。而当你儿子大喊“我就不下来！我讨厌你！”的时候，声音确实很大，所以，很自然地，人们会朝你看。

接着你也感到有必要轻声说一下（但还是比真正的耳语要大声得多）：“还不是喝奶的时候呢，宝贝，你刚喝饱了。”这虽然是对着你大声哭叫的宝宝说的，但更像是对我们（我的意思是我和其他在旁的家长）说的，好像你担心我们会觉得你真该给孩子喂奶了。

我们没那么想。

我相信你已经喂了她，拍着她打了嗝，而且试着哄她，像所有的妈妈一样，轻轻哼唱着摇篮曲。她只是不想听。

我们都经历过。

我可不是说我是个育儿专家，但我相信我所说的——有时候孩子就是讨厌，而且一整天都很讨厌。

确实，我从没在任何一本育儿手册里读到过这样一条明确的建议，但是我认为它可以作为一个脚注出现在书里的什么地方。

在这件不可完成的任务中，你尽了最大努力，而那天下午对你来说是尤其地不可能。你可以记下为此生的气或者发出的大笑（抱歉，但是你孩子戏剧性的大叫“我要个新妈妈！”真是太好笑了）。

在公园，事情没有顺利地进行。但那有什么？

把它放进彻底该死的灾难抽屉里，然后重新开始吧。在公园附近有家零售店，你可以在回家路上买瓶成人喝的葡萄汁（还有水果糖，用于将来的贿赂）。

把中指竖起来说：“滚蛋吧，阴雨的周三！”明天又是崭新的一天。当然，明天孩子们也许还是这么讨厌。但也许不会了。

总有一个人的孩子是公园里表现最差的。平均法则提示，有时候那就会是你的孩子。

所以下次有哪个妈妈说：“哦，孩子简直是该死的噩梦，是不是？”请相信她不是在讽刺你或者你的孩子。她只是在给你一个可以抱怨的空间。她理解，因为她也有个正长牙的孩子和一个喜欢在人行道上“装死”的孩子。

顺便说一句，大衣很漂亮。

祝好！

与你同病相怜的新手妈妈

希望其他妈妈们能充满同理心地点头致意。

这封信写于 2015 年 3 月。也不知道这位穿红大衣的妈妈是不是读过，我愿意相信她读了。主要是，我很高兴这篇博客发表后，我从那么多新手妈妈那里听到：“今天是我的红大衣日。”我们都有那样的日子。对此，我的经验丰富到可以去巴特林露营地兼职。

# 一个普通的倒霉日子

在成为妈妈之前，我从来没有考虑过自己会成为哪一类的妈妈。但我确信一点，我不会是那种大喊大叫的。我非常相信，未来的自己绝对不会在大街上对我的孩子们尖叫。

我对在超市里向孩子大喊大叫的妈妈嗤之以鼻。多丢脸，多俗气。我鄙视过公交车上因为孩子不听话的举动而呵斥他们的妈妈。我想我听到过关于“一记耳光”的低声威胁，还有啪的一巴掌。这都是有些不得体的做法。当我听到家长对好奇的孩子提出的问题，给予老套和粗暴的回答时总觉得难过，显然他们懒到除了说“因为这是我说的”之外，不给任何其他解释。他们真可耻。

我在心里默默地对他们的育儿方式有了看法，因为我站着说话不腰疼。那时我看不到将来生了孩子后我也会失去理智。

毫不意外地，我的报应来了。和小孩“斗争”了三年之后，我失去了很多理智。我变成了没生孩子之前自己一定会鄙视的那种妈妈。不是所有时候我都会失去理智，我想我还是有保持冷静的时候，不过在街上大喊大叫成了我的常态，我真适合上杰瑞米·凯尔的脱口秀，和格雷厄姆谈谈愤怒管理。（无疑还要做测谎试验，而这会让詹姆斯气愤地冲上舞台，朝保安扔去一把椅子——认真地说，为什么上脱口秀的人在知道他们撒过谎的情况下，还要做什么测谎试验？还能更蠢吗？我扯远了。）

不管怎样，我现在意识到了，以前对于愤怒的家长的评价，是由于我对他们发火的原因一无所知。我看到了沸点但没看到这之前数小时的酝酿。我对于现场情况的评估非常不公正。

所以，“超市妈妈”，我真的非常抱歉。当我看到你在超市对你的小女儿大发脾气的时候，我把你当成了一个糟糕的家长而同情你的孩子。我从没想过你们在来超市之前发生了什么事。我永远不会知道那天早上到底发生了什么，但是，回想一下（再加上我自己也有了两个爱在超市过道乱跑的小家伙），我现在可以试着给出一个比较靠谱的猜测。

可能你的小女儿拒绝穿鞋，因为她还在为早晨的脆麦圈事件生气（她要脆麦圈，可是当你给她端上一碗脆麦圈的时候，她突然想起来她讨厌脆麦圈）。

可能你小女儿的尖叫声音太大，以至于你连邮递员敲门送包裹的声音都没听见，而前一天你一整天都没出门就是为了等这个包裹。这个包裹里无疑都是给你这个不肯吃脆麦圈的孩子买的玩具或者衣服，绝对没有任何给自己买的新东西。

可能在你试着把她固定在安全座椅里的时候，她拱起背来不配合，还一脚踢在你的脸上。

可能在出门的时候她说她绝对不需要撒尿，而两分钟之后，当你停在第一个红绿灯路口的时候，她说她必须要撒尿。

可能她一直要零食才肯好好地坐在超市购物车里，但等你用完了最后一盒葡萄干，你不得不允许她下来走，条件是任何时候她都要在你身边不许乱跑——她立刻就把这个条件当成了耳旁风，向着付款台疯跑……

所以，虽然小孩从卖罐头食品的过道里逃跑本身真不是什么要紧的事，但我明白了为什么那可能就是压垮你的“最后一根稻草”。不是你反应过激，只是你的忍耐达到了极限。我确信你跟我一样知道，大喊“我今天受够你了！回来！你的生日不过了！”从来不起作用，但有时候，那是克制不住的，会脱口而出的。

很抱歉，“公交车妈妈”，因为仔细想想就知道，在公交车上你能做的事太有限了。你的孩子们，坦率地说，表现得很让人丢脸，而大喊和拽住他们差不多是你告诉其他乘客（包括我），你自己也认为他们扰乱公共秩序的行为是错误的唯一办法。我真不知道我会做得有什么不同。我总是喋喋不休地谈到自己多么重视界限和规矩，可是，有些时候就是完全无法控制孩子们。要承认这点很难，可这是事实。

所有那些说过“因为这是我说的”的家长，我很抱歉我曾鄙视你们。当你回答孩子们聪明的提问时说“嗯”“是的，宝贝”，还有“安静会儿”的时候，我没听到在此之前那一百万个问题，比如：

“为什么今天是星期三？”

“过一会儿我能吃点儿好吃的吗？”“什么时候是过一会儿？”“我什么时候能吃好吃的？”“现在到了过一会儿的时间了吗？”

“脆麦圈是什么？”“可是它是什么呢？”“我能吃点儿脆麦圈吗？”“不不不不，不要脆麦圈！”

我现在理解了，因为我经历过了。

一次我在超市[1]购物，亨利太闹了，气得我对他大喊大叫，最后我们俩都站在过道里大哭。（Lidl 卖的都是些让人惊奇的杂七杂八的东西，比如潜水呼吸管、灯笼裤、男人的步行靴等，而且通常出现在超市中间过道的货架。这是个奇怪而有趣的地方。有一次我买了个敲帐篷桩的锤子，可是我们根本就没有帐篷。）

另一次，午饭家里什么吃的都没有了，所以我快速（对，没错）跑去超市买吃的，可是，孩子没完没了的尖叫（还有别人的目光）让我扔下购物筐直接回了家，什么都没买。我做了米饭和青豆，外加奶酪块当调料，因为我无法忍受再次出门时孩子的哭闹。

总是好奇的亨利有一次纠缠了我一个小时，关于家里的猫弗洛伊德，它刚被实施了安乐死。我用了整整一小时的时间向他解释说弗洛伊德病了，他要到“彩虹”上去——不是很理想，但是这问题让人很难回答，而且我在避免提到天堂（参见本书《献给您，我的妈妈》一节）。我温和地解释说弗洛伊德不会回来了，因为它已经永远地睡着了，还有，没有人会永远活着，但是我们仍然会记得那些我们失去的，曾经爱过的人们。我们在给弗洛伊德做安乐死的时候，甚至带着亨利一起去了宠物医院，在我绝望地涕泪横流之后（我那时候怀着祖德，而且我总觉得猫咪以为我让它安乐死是为了给婴儿腾地方），我真觉得我把生命的轮回解释得很好……

结果亨利大声问道：“弗洛伊德什么时候回来，妈妈？”

从宠物医院回去的时候猫已经不在了，我们还花了一小时谈论死亡。但这并没有让亨利停止发问。

“他不回来了。”我叹了口气告诉他。

---

① 原文为 Lidl，是英国一家迅猛发展的低价连锁超市。——译者注

“为什么？”

“因为他不回来了。”我就只剩这句话了。

这些日子，每当回想起我经历过的种种情境，我都会给愤怒的家长一个充满同情地点头，希望以此来纠正我当初没孩子时无知的偏见。我不再参与陌生人那“管好你的孩子”的令人羞愧的和声。我会对和我在同一条船上的人微笑点头，希望对方明白我的意思是：“我们都经历过这些。他不可理喻。我支持你。”

最近一次带我两岁的女儿去鞋店的高潮是，她对着一脸惊愕的顾客们尖叫：“我妈妈把我弄疼了！”一遍又一遍（我给她穿了一只袜子）。结果是我不得不给她买一双闪光鞋，比我自己的鞋还贵（而且根本就不是真的闪光啊），就为了在有人打电话呼叫社会服务部门之前赶紧离开。

**来自特威肯纳姆的莉迪娅的留言**

# 滚蛋吧，超人妈妈！

在生完祖德后的几个月，我感到疲惫而且暴躁。事实上，那一年至少有三分之二的时间，我是穿着睡袍一边看动画片《狗狗巡逻队》一边吃饼干度过的。我失去了原有的活力。

我从来不是一个制定新年计划的人，唯一一次是我发誓要改掉吮大拇指的习惯。虽然父母警告我如果不改，我的牙会长成“兔八哥”那样，但是这二十九年里我还是没有改掉。（真的，我快三十岁了，可我还是会吮大拇指。）可极为反常地，2015 年新年那天早上我醒来，对生活充满了憧憬。

也许因为醒来完全没有宿醉让我觉得自己很有美德（与其说这是自己的选择不如说是不得已而为之，为了不让奶水被白葡萄酒污染），也许因为新年标志着一个新开始，2015 年标志着我们作为一家四口的新开始。怀孕，生产，顽固的胎盘，等等，这些都过去了，我要作为两个孩子的母亲开始新生活了。一定是这让我兴奋！

不管具体是什么，当春天来临而产假就要结束（该回去上班了）的时候，我发誓要就我的育儿方法做一些非常重大的改变。我要多和孩子们一起做些事。我会充分利用这一年——2015 年——我不会重复吃饼干看儿童频道那种马拉松式的生活了。

我的育儿计划（从 2015 年 1 月 1 日开始）如下：

孩子们要少看电视。

我每天花在 iPhone 上的时间要少于 75%。

不再用饼干贿赂孩子。事实上，根本不会再需要饼干了，因为我会用藜麦和蓝莓做动物饼干，来让午餐变得健康有趣。

我们要经常穿长筒雨靴去长距离散步。

我要烤蛋糕。

我会带他们玩手指画、拼图、建造小房子。

2015 年我要成为超人妈妈。

“所以，结果怎么样？”我听见你问，虽然我猜你心里已经有了答案。如果超人妈妈真的用藜麦做出了动物饼干，我就会写一本完全不同的书了，书名可能叫“如何成为超人妈妈”，而且封面是一位微笑的妈妈和身穿雪白 T 恤衫的孩子们在一起做某种手工游戏（超人妈妈不会骂“浑蛋亮片”）。

所以，结果没那么好。

在那之后又一个新年如期而至，所以我可以正式地提供一份完整的 2015 年所有月份的计划完成情况报告——这些毕竟是打算一直坚持下去的超人妈妈计划。报告如下：

孩子们没有少看电视，有时候，恐怕我们还多看了。我曾在同一天用动画片《手工艺启蒙老师》以及BBC户外探索儿童节目《布卢姆先生》来哄他们，而接下来去睡觉的时候，《泡泡孔雀鱼》的主题歌还在我脑子里回响。

我一天中看手机的次数仍然频繁到令人不能容忍，简直是强迫症。如果周末我们出去一整天，那我会把手机留在家里或者关机放在车里。但单独和两个儿子在一起的时候，我经常因为刷手机太频繁而要得腱鞘炎了。有时候，我假装去上厕所，只是为了看一眼新闻标题（比如看看BuzzFeed[①]新闻网上说唱歌手和设计师卡尼的妻子金都说什么了）。

饼干仍然被用于贿赂。每天（每小时）。对亨利的贿赂已经升级为面包圈和BBC儿童杂志了。我知道，这是糟糕的育儿策略，但这很管用啊，而且我筋疲力尽、意志薄弱（加上现在快淹死在儿童杂志这堆垃圾的海洋里了）。

我们没怎么去长距离散步。可能有四五次（三次）。不过我们有穿坏的长筒雨靴！一次亨利从树林里拿了些树枝回来当捕鱼的鱼叉，他现在是《荒野求生》里的贝尔·格里尔斯了。

我只自愿做过一次蛋糕，可是才过了五分钟，我就烦躁了起来，因为亨利唯一的贡献就是把准备用来做装饰的甜品都吃了，而且他在滚烫的烤箱旁边晃悠，让我一直提心吊胆，担心他会给自己弄个三度烫伤。

我买了一些颜料，马马虎虎弄了一个手工盒，至于说我们享受做手工的时间，那就是撒谎了。我想象着我们能创作出值得在Pinterest的图片墙上展出的画，可是亨利唯一想做的就是，把所有

---

① BuzzFeed是美国的一个新闻聚合网站，致力于从数百个新闻博客那里获取订阅源，通过搜索、发送信息链接，为用户浏览当天网上最热门的事件提供方便。类似于“今日头条”。——译者注

的颜料都混在一张纸上，做出一堆屎一样潮湿的棕色糊糊，更别提拼图或者无聊的装饰亮片了。

所以我失败了，对吧？

对，我失败了。实际上，这位超人妈妈在立下宏大志愿的几个小时内就摔了个“仰面朝天”，自此一直狼狈地拉扯着孩子们走过了以后的日子。

不过我一点儿也不在意这个失败，而且我会告诉你为什么。

“超人妈妈”的说法非常扯淡。完全是用凯茜·琦丝敦[①]的淑女装、健康养生的超级沙拉、专门接送孩子的四轮驱动轿车和玛丽·贝莉的养育食谱拼凑和编造出来的。

你可以在罗琼斯[②]官网上看到超人妈妈身穿紧身牛仔裤和休闲背心，梳着故意做得蓬松的头发，流连在她整洁时尚、带有水果蛋糕气息的谷仓风格的厨房里。超人妈妈吃过神奇的耐心仙药，所以从来不生气。她的孩子们从来不会躺在地上抗议或者声嘶力竭地大喊放屁和屁股，因为她可以掌控并立下规矩。她有两个孩子（很显然，一男一女），除非下雪，否则他们从不看电视，即使看，也是盖着方格毯子，喝着热巧克力。她们真够享受的哟！

虽然在有了孩子之后的几年我都嫉妒着超人妈妈，但我后来意识到，那有点儿像嫉妒芭比娃娃和她那常人无法企及的臀腰胸的比例。当超人妈妈根本就不现实。

没有人能在所有时间都是超人妈妈。

有时候我也会做点儿不错的尝试。有一次，我们到树林里去散

---

① 原文为 Cath Kidston，是一个摩登复古风格的英国服装品牌。——译者注

② 原文为 Joules，是源自英国的高级服饰品牌，设计以英式田园风为主，包括男女服饰和童装、雨靴等。——译者注

步，还在客厅里建了一个小房子，画了一些手指画，还做了热巧克力，都在同一天（没错，我在 Instagram 上传了这些照片，而且洋洋得意）。但那有点儿像是在扮演超人妈妈的角色，日复一日枯燥的现实生活是完全不同的。

我很想每天都带着孩子们来一次冒险，烤一个姜汁面包，或用洗涤剂瓶子做一个特雷西岛。但是，在一个平常的工作日，亨利会以每小时一百英里的速度边跑边喊："我是巴斯光年！"而我要洗掉四桶衣服，因为有些尿不湿没起作用。祖德病了；家庭的保险费该交了；很多东西要消毒；我得洗个澡，因为三天没洗头发，已经有了很多头皮屑……在这种日子，我打死也不会去进行什么探险，或者在一座看来已经像被飓风袭击过的房子里，搞什么乱七八糟的游戏。

所以我快速地带孩子们去公园呼吸几口新鲜空气，然后回家放《手工艺启蒙老师》，还要给亨利一块饼干，然后看一个小时脸书。

这就是生活，不是吗？这就是生活本来的样子。

就算没有没完没了的手工和能填满无底洞的耐心，儿子们也已然认为我是超人了。

生活方式的改变让我彻底筋疲力尽和不知所措。根本不像每个人都让你相信的那样充满了玫瑰色的美好，我记得，在亲子班里听其他妈妈们讨论如何做亮闪闪的手工彩泥时，我只想对她们尖叫：滚！

**斯蒂芬妮·林肯的留言**

# 妈妈的内疚感

我讨厌内疚的感觉。

自从当了妈妈，我体会到了前所未有的内疚感。超过以前不想和朋友聊天时告诉她我手机没电了的内疚感，或者喝醉时说了非我本意（或者是我本意但是不该说出来）的话的内疚感，或是吃掉一整袋分享装的麦丽素（还没和人分享）而且不做任何运动的内疚感。

这种新的内疚感更不容易摆脱，它在那儿搅着我的五脏六腑，刺着我的心——有时候，感觉在摇晃着我整个躯体。

我发现我不是唯一承受这种内疚感重压的人。

自从开通了博客，我收到许多妈妈的留言，很多都根植于这种内疚和无能为力的感觉。这些留言包括：“我对于 X 感到难过极了”还有“我希望我能像 Y 那样”。我会回复：“你真的不必对于 X 或 Y 感到如此自责，当妈妈是非常不容易的事！你在尽最大努力，而且你怀疑自己表明你很在乎。你从来不是孤立的，坚持住，亲爱的 ××。”

接着我感觉自己很虚伪，因为我的日子就是在自责中过的，而且我无法从“我在尽最大努力”的事实中得到什么安慰。我能做到的最好本来就不够好。所以，我想我也应该感到内疚，因为我是在感到内疚的时候，告诉别人没有必要感到内疚。

去年，当我打算写一篇关于妈妈的内疚感的博客时，我想，把从生孩子以来所有感到内疚的事都写下来大概会有所帮助。所以，以面是我的内疚清单，随着时间的推进它会变得更长：

在怀孕的前七周我没有吃叶酸，因为我不知道自己怀孕了。

我应该买优质的妊娠期维生素，而不是便宜的。

在妊娠最后三个月（第七到第九个月）我没有好好休息，而是拼命工作，这可能对胎儿亨利产生了不好的影响。

分娩的时候我不该用麻药。这让婴儿受到影响了。

我希望我哺乳的时间更长一些，这样就能让亨利更好地预防疾病。

当婴儿时期的亨利整天不停地哭的时候，我不应该发火。其他人都不会对一个大哭的婴儿喊叫。

我过早地留下亨利回公司去上班了。什么样的妈妈会自愿这么做？

我在家的时候没有和亨利一起做很多事，所以他觉得很无聊。

在家时我觉得无聊。这是多糟糕？

我大喊大叫太多次，太没有耐心了。

我生下二胎是以某种方式“欺骗”了亨利，因为他不再是我的整个世界了。

第二次怀孕的时候，我忘了吃维生素。

我偶尔还会喝杯酒，尽管医生建议不要喝酒。如果我的孩子出了什么问题，所有人都知道那是我的错。

我想要个女孩，而那就是生祖德时那么困难的原因。我受到了惩罚。

我没带祖德去上过任何早教班。亨利出生第一年就享受了婴儿按摩和音乐班，可祖德没有。

我花了太多时间玩手机。

我没做很多健康食物。我们吃了太多快餐。

我让亨利吃了太多零食。他的牙会坏掉的。我们没有一个漂亮的花园。我毁了孩子们的童年，因为我们总是置身于都市里。

我给孩子买的鞋不怎么合脚，这无疑会造成脚部畸形。

亨利在学前班哇哇大哭时我走了，所以他现在知道我就是个大骗子，因为我说过我永远不会离开他的。

我经常希望从下午五点到睡觉的这段时间消失，有时候，我希望从早上十一点就直接消失。我不够珍惜和他们在一起的时光。

我不是一个心灵手巧的妈妈。我没有做很多手工、焙烘和绘画。我乏味而差劲。

等我写完再回头看，这清单非常令人震惊。有些是如此荒唐，如果不是有些可悲的话，简直能让人笑破肚皮。

我不知道事后的领悟是不是消除了内疚感。我不再把没吃叶酸，分娩用了麻药，还有哺乳时间比建议的要短当成多大的事儿了——是什么样就是什么样。我还知道亨利确实整天哭个没完（有朋友和亲戚做证），这让我无计可施。虽然我没有对冲着他喊“你到底什么毛病？”而感到骄傲（边喊自己边哭），但是我知道在他出生的第一年，大部分时间我都把他抱在怀里给他唱歌。这些在生孩子早期出现的内疚感不再困扰我了。

但是清单上的某些内容依然能刺痛我，比如我应该和孩子们一起做些更有意思的事，应该多花些时间和他们一起玩儿，应该享受每一刻，应该喜欢和他们在一起，我不该不停地看表，看看下午还剩多长时间，然后在推特上说“我真不敢相信下午还有那么长”。

过几年，我相信这种内疚感会以一种新形式出现：工作原因不能每天接送他们上学放学，没有足够多的时间督促他们写作业，没有足够的钱赶时髦出国度假，等等。

事实上，一想到我的儿子们有一天能读我写的这本书，我就提前体会了将来还会产生的内疚感了，因为他们会读到我这些关于当新手妈妈的完全真实的叙述。也许我希望的是，让他们觉得我和他们在一起的每一秒都是快乐的，从来没有怀念过他们到来之前的生活。

但有关内疚感，我先考虑的，是那些心怀内疚的妈妈给我的留言。我把对未来潜在的内疚感暂时放了一放。

所以，我们坐上了一趟不断装载内疚的火车，怎么办？我不能只是告诉你“让自己放松一下”还有“别再自责了”，因为我自己都经常听不进去。因此我的建议很简单：说出来。

不是告诉别人你实际上做了什么，而是说出这种让你内疚的感受。和其他人，和其他家长分享。因为这样你可以确定到处都有感同身受的人，而且，经过半个小时关于谁最有理由感到内疚的讨论之后，你们可能会得出这样的结论：你们就是一群感到内疚的傻瓜。那时你们会觉得在内疚这件事上浪费了太多时间，这才该内疚。

我仍然坚持我所说的，感到内疚说明你在乎。

实际上，没有必要对于清单上大部分的胡说八道感到内疚。怀孕期间的半杯葡萄酒和忘吃一些维生素，耽误不了什么大事。做一次硬脑膜外麻醉，也不会让你的孩子染上毒瘾。放下手机和孩子们多玩一会儿自然很好，但也不必因为做得不够而难过。我觉得在一起就足够了。

另外，孩子们可以在幼儿园做那些破手工，如果你让一个小孩随便地摆弄那些材料，你的内疚就会变成后悔。

我不明白我为什么没有像其他人说的那样沐浴在当新手妈妈的光辉里。每天都像在打仗。我对此感到无比内疚。我女儿非常搞笑，不过回想起来，一切看来都是值得的。

**来自加的夫的萨拉的留言**

# 你不必对任何人解释什么

妈妈们的自卫意识很强。

我们觉得有必要解释为什么要做某件事，为什么会有某种感觉，为什么以某种方式行事。虽然通常我们不会这样做，但我们确实没时间了，或者我们这一天过得很难，所以才会这样做……

当我听见自己对每个行动都加上一个合理的解释时，似乎在等待别人追问："你为什么会那么做呢？"大多数时候，根本没有人问这个问题，但是我无法阻止自己非要甩出一个回答，不管怎样，以防万一。我养成了一个不自觉的习惯，为我对待儿子的所有方式都加上一句自我辩护。

我确信这是前文提到的妈妈的内疚感造成的。潜在的自我怀疑（我可能做得不对，我可能还不够好）渗透进来，并以一种轻微的自卫的语调表现出来。我想核心问题是，我只是生怕其他家长会认为我是个差劲的新手妈妈。

绝对不是只有我一个人这样，因为我听到过其他妈妈们总是在为自己辩解。

我现在认为这是完全没必要的。以下是我在日常的亲子班或公园聊天时，其他新手妈妈们给出的真实理由，以及我希望我那时候能给出的回答（我想我当时可能只是点点头）：

“我给他买了一个玩偶，只是因为他没完没了地哭闹，而那个东西能让他安静，但我不是真的想给他买……”

放松。显然玩偶对你有帮助。我希望我的两个孩子也能接受一个玩偶，可是，唉，他们不。更惨的是，什么也不能让我的孩子们静下来。

“平时她上午的零食不是巧克力饼干，可是我们今天没什么水果了……”

别紧张，真的。她在吃的是饼干。我看她很高兴，而且我相信她也吃了该吃的健康零食。不过她喜欢巧克力饼干，因为她是个孩子；我还没见过不喜欢巧克力饼干的孩子呢。在亲子班你答应她如果她上厕所就给她一块饼干，所以一切都很好，不需要任何解释。

“我开电视只是因为我要洗一些衣服，电视可以分散他们半小时的注意力，平时不开电视的……”

看点儿电视没问题。我知道整天都放动画片绝对不是最好的办法，但是，面对现实吧，我们都需要做很多事，对吧？感谢上帝有BBC儿童节目，那是从不休假的保姆。

我注意到关于哺乳的谈话，也会引起一些滔滔不绝的自我辩护。我十分理解：哺乳是个非常感性的话题。我亲身体会过那种忍不住想告诉全世界，我决定在孩子四个月大时改喂奶粉的冲动。有一次我在商店，跟身后的一位新手妈妈大谈亨利喝奶时的食道反流问题和缓慢的体重增长。她既不需要也不想听亨利的儿科转诊历史，但她还是不得不听完我的整个喂奶经历。我想那对她没什么帮助，不过对我却大有好处——我那时体内激素不调造成情绪不稳，身体虚弱，还有一点疑神疑鬼，所以觉得购物篮里的一桶奶粉会让别人对我产生偏见。我有一种要让别人知道我已经尽力了的冲动。

其实我知道，当平常聊天问一个没有用母乳喂奶的新手妈妈“喂奶怎么样？”时，我真的不是要一个不用母乳的解释。这只不过是一个能让我知道该聊什么的问题：如果她根本没有母乳喂养过，我就不会没完没了地抱怨溢奶的乳垫；同样，如果她是完全母乳喂养，我就不会问她是否推荐爱他美婴儿奶粉。我只是在问喂奶的情况如何。我不需要她详细说明婴儿的所有问题，孩子出生时体重偏轻，或是因为乳腺炎不得不喂奶粉。当然如果她想聊那些话题，我愿意洗耳恭听，不过实际上她没必要说更多。也许我们想要说更多是因为作为家长，我们害怕被人评价。也许有时候，我们希望用自己的解释提前改变别人的判断：“如果解释一下我为什么这么做，她就不会往坏处想我了……”

事实是她可能还会，这是因为：无论你做什么，总是有些人会戴着有色眼镜看你。

我遇到过一些理直气壮审视我的妈妈，大家可能都遇到过。那是一小部分妈妈，觉得自己什么都对。事实上，她们知道她们说得对，是因为她们买了市面上所有的育儿手册，还读了每一期《选什么》[①]杂志的最新报道。什么都是她们对。这些妈妈会主动给别人提建议，并且总是以“我总是发现……”或者“和他那么做可要小心，因为我读过……”为开头。

我刚生完亨利的时候，会对那些妈妈们不问自来的建议点头微笑，然后回家沉溺在深深的失败感中，作为不合格的新手妈妈而被拆穿我感到尴尬。但是第二次的时候，我就学会了忽视那些不请自来的干涉[②]。现在，当好心但管得太宽的妈妈们向我提供她们的宝贵经验，比如她们说：“你知道，你真的不该用‘淘气’这个词，因为太负面了，这可能影响孩子以后的行为发展。”（是真的！我引用的是原话。）这时，我会回敬一个坚定而不以为然的淡淡的微笑，我希望它传达了我的意思：“如果我需要你的建议，我会向你请教。在此之前，你可以滚开。”

所以如果你读到这儿而且你也听过这种人的宝贵经验，我劝你不必理睬。你用不着对育儿的每个行为都做解释，而且更重要的是，靠解释来防止某些人评价你是没用的——总是会有一小撮人觉得他们什么都对。别太在意会被别人评判，坚强面对。

实际上，我认为不解释每个行为的效果很好。“我这么做因为这适合我和我的家庭。”这样的态度值得尊敬，它表明对自己决定什么是对的这一能力的自信。

---

① 原文为 *Which?*，英国消费者协会的杂志，通过调查检测等帮助消费者挑选，推荐商品，提供各类商品信息等。——译者注

② 请不要认为我把有益的推荐和不受欢迎的意见混淆了。有时候，一个孩子的安全或健康资讯是别人提供建议的核心，所以如果有人对我车内的儿童座椅的安置有质疑，或是指出一个可能让孩子窒息的危险，我洗耳恭听。有时候，其他家长看到你手忙脚乱会想，我也经历过，我可以帮她。只是那群喜欢说教，告诉你“你真的应该这么做”的人我反感，而且要对她们竖起中指。大多数妈妈都是很好的。——作者注

“不，我不用母乳喂养。”

“没错，她三岁了还用尿不湿。”

“实际上我不会再回去工作了。”

这么说就足够了。

你真的没必要对任何人解释，除非你真的想。没有一种育儿方法适合所有人，我们都不同，而且天知道，我们的孩子有多不同——你永远不可能在任何时候让所有人都满意的。

对我来说，与此相关最犀利的一个观察，来自我收到的一位爸爸的留言。他大概是读了我这篇博文下边的所有评论，然后简明扼要地写道：“意见就像屁眼，每人都有一个。”如果这还不能让你在下次碰到说教的人时淡定自如，我不知道还有什么能。

有一次去度假，孩子们又哭又闹，而且根本没地方放一个还不会爬却乐意头朝下摔下沙发的婴儿。为了提前一天回家，我告诉家里人我们把回程的日期记错了，坦率地说，这经历有点儿狗血。

**来自威勒尔的凯茜的留言**

# 发疯也没关系

我经常发疯，这有据可查。

发疯次数太多，以至于我天天都能在博客上收到其他发疯朋友们的留言——太感谢他们的支持了，特别是当我发现自己又在楼下厕所里坐着，埋怨自己刚刚在客厅的崩溃，还不停用头撞地的时候（这种发泄的方式很诱人吧）。

我在博客里写过的，让我发疯的原因包括：

- 亨利又因为鞋带发脾气（鞋带不对，虽然是和鞋一起买回来的鞋带）。
- 祖德龙卷风般的屁屁轰炸，导致一晚上给他换了四次睡衣。
- 两个孩子长时间地发脾气，接着又踢又打（他们，不是我）。
- 一连串考验人的居家时刻，比如，亨利刚刚尿了床，洗衣机就坏了。

大部分时候，我近乎绝望的情绪可以通过抱怨和喝一杯好茶来平复。有一次我看到一个广告说：“一杯茶可以解决所有问题。”我同意，生活中没有多少事是不能靠一杯茶或者一杯酒，稍稍改善一点的。

“睡觉时间快来吧，还有我的专属杜松子酒时间！”我咯咯地笑着，因为确实有点好笑。

但是有些日子，一点儿都不好笑。

有些日子，我气得连想把眼睛挖出来的冲动都有，或者大喊大叫，或者喝罐装的杜松子酒加汤力水（我的确偏爱罐装的杜松子酒加汤力水，而且，在我们当地的店里经常会有买二送一的优惠活动）。

有些日子，我甚至都不想在厕所里躲避了。

那些日子我没有做这些事的动力，我太绝望了，孩子们闹得超过了我的底线，而我实在不知道该怎么办。

我知道绝大部分的时候，虽然艰难但是我过得还不错，还有，当我说自己不适合当妈的时候，我确实是在开玩笑。可也有一些日子我真的担心，这也是事实：有时候我觉得肚子里有一团实在解不开的结，一个靠几杯茶也解不开的结，让我莫名地寝食难安，感到难过。

有时候，即使是短暂的一瞬间，我也无法摆脱那种失败感：作为新手妈妈，巨大的失败感。

当我在车里哭着抱怨一切，或者对亨利撒谎说公园的滑梯还湿着，其实是我不想再去一次，因为太无聊了，或者希望这一周赶紧过去，因为我还要和这两个淘气鬼在一起待整整三天，这三天那就像一辈子一样长……这些时候我感到惊慌，难道我有问题吗？

我为什么不喜欢待在家？

我为什么觉得一切是这么难？

别的新手妈妈们也这么觉得吗？

别的新手妈妈们也在困境中挣扎吗？

别的新手妈妈们会不会也觉得两个孩子同时大哭太让人筋疲力尽了，所以她们也会跑去一边淋浴一边哭吗？

那些对自己充满怀疑的时刻，就像有朵乌云一直在身边一样让人惊慌："我作为一个妈妈太差劲了。我做不好。"我把自己当母亲的能力，和在育儿杂志以及 Instagram 上看到的"笑着爱着生活"的妈妈们对比，这对我是更大的折磨。当我和那些妈妈完美的微笑、心灵手巧的游戏，以及不可思议的时髦服饰比较时，总是输得很惨。她们怎么不穿昨天的带帽衫？接着，就像乌云来时一样快，乌云迅速散去（这经常是因为詹姆斯下班了，或是 BBC 儿童频道晚间歌曲时间到了），接着我又立刻活了过来。多蠢的衡量标准，你这蠢女人。我知道，在浴室的哭泣和所说的谎话，比如恨不得在车里杀了某人……这些不是解决问题最好的方法，我也知道它们反映不了我当妈的真实能力。

我唯一需要在乎的衡量标准是我的儿子们。他们过得怎么样，他们感觉怎么样。因为对我最重要的是，让儿子们知道他们是被深深爱着的。

我生了祖德后的某天夜里，在经历了极为糟糕的一天后，我真的绝望到家了。我不再开玩笑说我"不适合做这些破事"，而是告诉詹姆斯，我真的不行。我投降，不用任何评判，我就是最差最糟糕的妈妈。

那天我真希望自己没在家。

我不配拥有儿子们。

他们应该有更好的妈妈。

接下来睡觉时间到了，祖德喝着奶睡着了，我在昏暗的光线里抱着他，轻轻抚摸着他的小耳朵。他笑了。也许不是笑而是打嗝，因为十分钟后，他吐到我胸罩里了。不过，不管是打嗝的笑还是真正的笑，他看上去像《超级育儿通》封面上的宝宝一样幸福。接着我去和亨利说晚安，我钻进他的被子，给他读了两个故事。他听懂了，这让我无比惊讶。更让我惊讶的是，他是那么聪明有趣而且快乐。

“妈妈永远爱你，晚安晚安我的睡裤小宝贝。”我对亨利说，一边说一边在忍不住地咯咯笑着从他房间出来，而背后亨利在说：“晚安晚安，放屁裤灯笼裤，屁股屁股头！”（那个时候他就是喜欢把睡裤套在头上）接着我就可以坐在沙发上看真人秀《我是名人》了，开心！一切都很好，我们做得很不错。

可能有些日子感觉不好是正常的，当你无法处理的时候，当你恨不得跟孩子们脱离关系的时候，因为他们又自动开启了小恶魔模式。

不得不说，有时我情绪反常得连我自己都不能忍受，而且我实在是希望有办法消灭这样的情绪。可惜我做不到。还有，回想起来，我觉得也没必要。

所以，如果你像我一样，一直为自己的情绪失控而自责，我想告诉你：别自责，这只不过说明你是一个真实的人。

情绪波动并不意味着你不是好家长。尽管发火，朋友们，你干得不错呢。

那些充满压力的日子磨炼着我们——我想，这对于做母亲来说很正常。可是，如果你感到应付不了，请相信你不是独自在挣扎。和你的医生或者朋友谈谈心吧。

我经常自己坐下来哭，因为那个时候，我连自己亲生的孩子都不喜欢，可是，什么样的妈妈会不喜欢自己的孩子呢？

**来自布里斯托尔的吉娜的留言**

# “转碟杂技”

我已经不记得从什么时候开始养成了列出冗长的待办事项清单的习惯了。大多时候，这个清单是在我脑子里的，而且这清单不断变化，因为我的脑子有限，装不了太多的事。我觉得我最多只能容纳差不多十件事，这意味着“赶紧打印祖德的照片，不然别人还以为我们只有一个儿子”这件事永远都没时间去办，因为我要给税务局打电话，还要给爷爷买生日贺卡。当有什么事特别紧急的时候，我就把它记到从礼品店买来的精美日程本里，那时我还梦想着成为一个有条不紊的妈妈呢。这些提醒通常以我用圆珠笔写的话开头（像这样：预约亨利打针；发邮件催过期未付的发票），可是，当两周过去了我还没做这些事的时候，我给它们加上下划线，并用荧光笔标出来，最后还要气愤地用荧光笔圈起来，直到这过分扎眼和急迫的荧光笔迹渗透到下一周的日程表上。这曾经很精美的笔记本，成了被圈点满了都没做完的一团糟。

我脑子里持续不断的待办事项清单其实更混乱——我即将要做的事和我本应该正在做的事（我为自己根本没开始做感到头疼）的一个复杂集合：

买个浴室防滑垫；整理一下要去参观的小学（别的家长都去过了）；去捐掉打包好的旧衣服（看看阁楼上是不是还有更多？）；书稿要再写几章；用漂白粉和小苏打清洗一下浴室的密封胶，去掉霉斑；买垃圾袋；送感谢卡（太晚了？发短信为这总会出现的迟到道歉）；准备做更多有蔬菜的饭，省得孩子们得败血症；给那个叫什么名字的回复什么事，忘了；给祖德读个故事，或者，至少给他报个班，因为他什么班都没上过；给亨利买几条新裤子；写杂志专栏；订购新水槽；锻炼一下减减肥；找医生采取避孕措施（不能再怀孕了，受不了）；把乱七八糟的博客页面重新整理一下；楼下摇摇欲坠的窗户得修，问价格；都有谁要过生日了，查查（我订餐没订重吧？）；咨询一下手机屏碎了怎么修；手都起皱了，要好好擦护手霜；推托了三次的饭局，下回一定要去；客厅是个垃圾堆，要收拾所有的玩具；给姐姐打电话……

我永远都在搞这样的“转碟杂技”：在难以计数的顶在纤细杆子上的碟子下穿梭，尽最大努力用左手让我的“妈妈碟子”平稳旋转，同时用右手去转那个摇摇欲坠的“事业碟子”。我两个碟子都不能丢，但是，有时候，我的双臂太累了。为了全力以赴保住我的“妈妈碟子”和“事业碟子”不掉下来，我不得不让“家务碟子”掉了（包括续保险、修热水器、做家务，还有作为成人要干的所有破事）。感谢詹姆斯平静地接住了这个碟子，及时处理它上边最紧急的事情，比如，付信用卡账单和查水电费。我都不知道我家水电表在哪儿（真的）。

我一直以家为傲（家是个什么都可以容纳，而且什么都放置得井井有条的地方），可是——不得不痛苦地说——我的标准早就降低了。现在，家是一个什么都容不下什么都不在该在的地方的地方。我们曾经整齐的柜橱里现在塞满了破烂（真的，都塞不下了；大部分日子，我要踢门才能关上它）。在所有你看不到和大部分你能看到的地方，全是灰尘。曾经纤尘不染的玻璃电视架（我现在知道选玻璃的是多么错误了）时时在被小手指印污染。每当我偶尔想在看电视节目的时候放松一下时，我会发现一个嘴巴形状的污渍出现在电视屏幕上，毫无疑问，那是祖德又一次在刚喝完粥以后因为亲吻那些奇怪的“布鲁精灵”[①]留下的。

“家务碟子”还不是唯一惨的。曾经还有过“业余活动”的碟子，堆得高高的，比如把头发挑染，看那些分娩三个小时后就能穿超小号衣服的明星妈妈的狗屁杂志，游泳半英里，以及和好久不见的朋友聊天。这个碟子现在已经不转了，但它是逐渐失去动力的，所以它掉下来时并不是摔碎而是悲摧地躺在地上。躺着等待一年一次当我的发根变得实在太糟糕不得不染了，或者一年两次我确实得做美容了。我第一次尝试了高清修眉做法[②]（目的当然是想看起来像演员和模特卡拉·迪瓦伊那么美），但之后我再没去过，而是花五英镑买了一根眉笔。事实上，如果我真有时间粉刷完整个厨房（我从十八个月前就开始刷了），用吸尘器吸一下电视架背后（在 2014 年的伟大怀孕之后再也没有打扫过），或者给自己的身体做个伪日光浴

---

① 原文是“Waybulloo”，这是一部英国学前启蒙动画片。——译者注

② 欧美美容院提供的一种烦琐精细的分七步的修眉服务，通常用于特殊场合，比如生日、婚礼等，包括梳理，画辅助线，染，拔，微调等，目的是打造成像很多明星那样高度精致的眉毛。——译者注

效果，毫无疑问，我会为没有花这些时间在同样堆积如山的“妈妈碟子”和“事业碟子”上感到内疚。

我一直向往做个事业型妈妈，想象自己穿着西服裙套装，在董事会会议室，从发表一次精彩的职业演讲，到赶去看我女儿们（没错）演耶稣诞生剧，让其他也去看的人惊叹我同时做到这些的能力。我第一次休产假的时候，超级期待回去做我的全职财务工作（或者，至少一周四天），回到我曾经那么努力才建立起的事业中。在产假的前几个月我一直这样想，但后来我深深地怀疑，自己是否还能再和生孩子前那个职业女性相比。我想回去工作，真的很想，但是我非常害怕我不能再全身心地投入了。当我想到亨利的小脸，还有我无论什么时候离开房间他都要紧紧跟着，我的内心就翻腾不已，我每周都会离开他，并且错过他每天的洗澡和讲故事时间。很多女人（包括我认识的一些妈妈）都回到了工作岗位，而我由衷地尊敬她们（可能还有一点嫉妒）。

但是我感觉——而且我猜不止我一个人有同感——总要牺牲某些东西。我过去习惯了加班到很晚，周末也工作，因为我无比渴望被认可。那个二十四岁、没当妈的我开着公司的车，穿着漂亮的套装踩着高跟鞋。她享受着在下班前全力做完一个财务提案，然后回家喝葡萄酒玩手机的生活。生孩子之前的我，有点儿像个殉道者（我会在晚上十点回复一封工作邮件，因为我太忙了，而且这可以告诉所有人我多么敬业），诚实地说，因为除了整理我们已经很整洁的柜橱，出门一边听我的 iPod 一边暴走（那时都是我的爱好），工作日的休息时间我真没有太多事要做。即使生病的时候我也会在家躺床上工作。那时我能全身心地投入工作。

我现在算是职场妈妈，而当我再穿上当年那些衣服的时候，腰和胸的比例看起来无疑令人失望；每次必须按时出门时紧身裤上都有呕吐物；想恢复以前下午五点跟朋友的喝茶习惯，却经常因为带孩子的问题在最后一分钟取消这样的聚会。我已经不能百分之百地投入任何工作了。

发辞职邮件的时候我哭了，我选了当地大学的一份工作量小得多的兼职。我觉得我放弃了自己的事业，但事到如今我也清楚地知道，如果没放弃原来的工作我也会很郁闷。我会尽最大努力工作，但那将是作为一个妈妈能尽的最大努力，在每周一到周三，每天早上九点到下午五点之间尽最大的努力工作。我根本无法容忍工作时想到从前那个有着坚挺乳房、雄心勃勃的我。亨利六个月的时候我开始了大学里的兼职工作，每周三天，据说这是妈妈平衡事业和家庭的最优选择。我想我需要听这样的安慰：我可以两边都不误，两边都能做，两边都能做好。之后我又换了工作（我现在写东西——至少会持续一段时间；要看看效果怎么样），但是还在做兼职，因为我好不容易让儿子们习惯了我每周工作三天的节奏。

这说明我还是能工作孩子两不误，对吧？鱼与熊掌兼得的世界？好吧，说实话我不知道。在很多方面，我确实觉得兼职是对于我家来说最好的选择——有几天在家和孩子们待一起，另外几天去工作（我说过，我钦佩那些全职妈妈，但是我永远做不到）。我真的喜欢这种平衡，但有些时候我也怀疑鱼与熊掌兼得是一个不可能达到的目标。我知道现在有很多公司给父母提供弹性工作制，或者在家工作的选择，但也有更多家长没有这种选择，不能在孩子睡觉时间下班，没有轮换工作方式。我看到那么多妈妈们放弃了对升职的追求，只为了遵从她们发自内心认为应该多花些时间在家的本能。

有时候我不能集中精力玩转这两个“碟子”，而且我对自己不能在任何一个角色上做得出色感到无比沮丧。我希望我能更好，但是我没做到。我希望我能回复所有的邮件，而且和重要人物打电话的时候不会因为要给亨利擦屁股而打断，可是我不能。我希望我能去那些邀请我去伦敦参加的时髦的工作活动，可是我不能。同样的，我依然还对这样的事感到内疚：五个工作日有三个要把孩子交给别人看；我和詹姆斯下班都太晚了，所以只能做炸鱼条；星期三晚上睡觉时亨利问我明天能不能带他去公园，我回答“宝贝，明天不行，妈妈要上班”，接着他问后天行不行，而我回答“妈妈也要上班，不过我保证我很快就带你去”……

所以，我不总是认为我兼得了鱼和熊掌——有时我工作和带孩子都不能全心全意，但是我不会放弃任何一个而专注于另一个。我两件事都做一点儿。也许把事情安排得井井有条的能力，和急剧下降的房间整洁的标准，就是我想什么都不放弃的真实结果。超人妈妈能做到，超人妈妈当然能，但对于我们剩下的人来说，必须要做出一些牺牲。

我的家是第一位的——永远都是——工作紧随其后，因为工作让我觉得我更像自己，能让我稍微不那么精神错乱。所有其他事——所有每天在我头脑里嗖嗖旋转的家务活——都要受影响，而且我认为我需要接受这一点（或者雇个钟点工，但是我怕钟点工来之前我会忍不住自己打扫，浴室的污垢积累得过分多了）。

一天只有这些时间，对吧？也许正是因此，周日下午变成了唯一一个，我能保证试着做点儿健康饭菜的日子。也许正是因此，弗莱迪，我最好朋友的小儿子，可能会继续在圣诞节收到一个巨大的圣诞加生日二合一礼物包裹（他的生日是七月）。也许正是因此，我会为永远收拾不完的成堆的破玩具而烦躁，但还是把它们踢到沙发下边等明天再收拾。

作为新手妈妈，我们分散了太多的精力在各种“碟子”上了。我们的脑子时刻不停地为了各种事情滴答作响：应该做的事，应该做得更多的事，忘记做的事，如果有时间要做的事……可能我们唯一能做的，就是选定不能让它停止转动的“碟子”：那些让我们快乐，那些已经成了我们核心的“碟子”，而且学会在牺牲其他碟子的时候，深呼吸。

没人什么都能做到。

虽说我确实必须要买一块浴室防滑垫。

## 献给您，我的妈妈

我在写一本书，妈妈。一本真正的书！我真高兴，但是写这一章的时候我又非常伤心。我伤心因为您永远读不到。也许写这本书很傻，但有些事在我脑子里，我想说出来，而如果我不在这本书里写下来，我不知道这些想法会怎么样，我想让它们被记录下来，虽然我知道对我最重要的人读不到了。我多么希望您能够读到这些。

最近一次去市区，我看到一个和我年龄相仿的女人从商店出来，在那一刻，我对一个陌生人的嫉妒是前所未有地强烈。她拥有的东西是多少钱都买不到的：她挽着她的妈妈。她们挎着胳膊，聊着还要买什么东西，也许该先去喝杯咖啡。

那是个奇怪的瞬间。因为我想扭头不看，让自己被四周的混乱和其他顾客的嘈杂声淹没。但我却目不转睛。那情景是那么特别和美好，以至于我想对她们大喊，告诉她们紧紧抓住对方，珍惜每一次她们在一起喝咖啡的每一分钟。

妈妈，我是多么希望您能在这儿。我渴望能和您去喝咖啡，虽然我根本就不喜欢咖啡。您喜欢在周日喝着香浓的咖啡看报纸；也许那样，我也就会慢慢喜欢在周日喝咖啡了。

我渴望和您挽着胳膊一起逛街，试衣服。我渴望听您告诉我，我们应该先去逛 M&S，因为那儿的衣服特别抗洗。

最重要的是，我渴望所有那些我们再也不会拥有的平凡的母女时光。我希望您能来和我闲聊，聊什么都行，我们一起去逛花店，帮我做儿子们的生日蛋糕（第一次做祖德的生日蛋糕没人指导我，结果我把糖霜搞砸了）。您永远都不会用错的。我万分希望孩子们能吃到黛比外婆做的蛋糕。人们常说从没见过您太遗憾了。何止遗憾。我们的生活中有一个缺少您的空洞。无论我在哪儿，做什么，总是缺少什么——缺少的是您。

亨利问起您，他看过我床头摆放的您的照片，而我们不得不告诉他，虽然您是他的外婆，但是他不能在您那儿过夜，您也不会接他去游泳。我告诉他您去了“彩虹”，当他问我“她喜欢那儿吗？”，我只能用尽力气控制住自己的眼泪。

我不相信“彩虹”，或者天堂，或者来世。在内心深处，我知道，当某人去世，那就是结束。我们谈论他们能让对他们的记忆继续活着，但是精神上和肉体上，他们已经不在了。也许以某些不同的方式，我该相信您正在某个地方守护着我，很美妙——很多好心人告诉我您确实在天上守护着我，不过我猜这只是试图安慰我，我一秒钟也没相信过。我就是不信。

在亨利问我外婆去哪儿了之前，我曾想过坦率地告诉他实话，但是，当他真的问起来的时候，我事先准备的“人们死了之后实际上不去任何地方，亲爱的”，变成了“黛比外婆和猫咪弗洛伊德，还有所有因为住在地球上病得太重的人都去了‘彩虹’。”

很快，未来的某天，我就需要对他解释，当我说我们要去黛比外婆的海滩的时候，实际上是去撒您骨灰的那个美丽的地方。

这些都是那么令人悲伤。

有时候，我会坐下来回想您在医院的最后几个月是什么感受。那时候我太小了，不知道担心——我要写作业，而且，探视时间过了爸爸会带我们回家喝茶。现在，当我想到您一个人在那里独自坐着，我希望时间倒流，去陪您度过那时的每一分钟。您希望我们继续正常生活，好好学习。在那个时候，让自己忙碌是正确的事，但是，您走得太快了，而我们再也不能和您坐在一起了。

我愿意付出任何代价回到那个时候，和您坐在一起，拉着您的手，和您寸步不离。我是那么担心您会离开我们，而从来没有真正想过您是多么担心，是多么绝望地得知我们会在没有您的状态下长大。我现在了解了一个妈妈对她的孩子的感情，一想到如果亨利和祖德在没有我的状态下长大，我就根本不能忍受。这一切对您来说太难了。

当妈妈非常难。您让它显得容易，尽管那么多年您一直在接受治疗。您是个充满母性的妈妈，有耐心，给我们做好吃的饭菜，把徽章缝在我们的背带裤上，而且，虽然您全职教书，但我从未觉得您不在身边（除了学校集合演出时您确实不在，但是，总体考虑一下，我可以不介意）。您那时候是——现在依然是——我育儿的偶像。您是我所知道的最接近现实版超人妈妈的人，一个现实生活中的超人妈妈就是我妈妈，这让我太自豪了。

现在，我是一个新手妈妈。我不会焙烘，不会缝纫，会在一些我根本没有耐心的事情上发火。我经常想如果您能帮助我，那我会是个更好的妈妈；还有，当妈的人自己却没妈真的很不公平。

我努力记住我不是没有妈妈了，您天天都和我在一起。虽然不是真的还在，但是通过一道神话中的“彩虹”，您在 VIP 座位看着我，保护我，引导我，在我头脑中、在我心中、在我的童年记忆中和我在一起。我这样感激您——您曾经给了我一个完美的童年，我努力给您的外孙们重现。您会爱他们的，妈妈。他们是相当可爱的男孩子。他们也会爱您的。亨利会喜欢拥抱您，祖德会喜欢和您坐在一起读一本书。您也会喜欢詹姆斯的。我一直都知道您会给予他肯定。

在我过得最艰难的日子里，当我觉得我根本不能胜任母亲这一角色的时候，当我怀疑自己是否适合当妈妈的时候，我总想起您是多么的出色。我想让您骄傲。我不能保证我的厨艺会改进。我不能保证不再大喊大叫（我一定会的，我忍不住的）。我不能保证我不犯错，而且我不能保证我会在任何时候都是个好妈妈。

但有一点我能向您保证。

我保证我会尽最大努力。您总是告诉我那才是最重要的，您是对的。我保证让我的儿子们快乐、健康，还有最重要的，他们会永远知道他们是被爱着的。我会无限地爱他们，用我心中所有的爱，也加上您的那一份。

我会替您给他们您无法给出的更多的拥抱，而且我会告诉他们您是最棒的。

您真的是。

我最大的遗憾，就是您永远也听不到我告诉他们这些了。

# 六

## 给我整个世界也不换

“有时候，看着我的儿子们，想到他们居然是我的孩子，我就像做梦一样。”

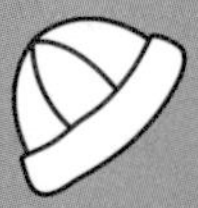

## 在你意识到之前……

如果我在每次别人说孩子一晃就会长大时都存一块钱，我就有足够的钱去名牌母婴商品店随便购物了。可实际是，我那常吐奶的儿子们会用几秒钟就弄脏一件新衣服，而一件只穿几次的海魂衫要二十一磅，很贵，不是吗？去更便宜的平民店就可以。我跑题了。

家长们总会说：

“时间过得真快！”

“现在是好时光，珍惜吧。”

“有一天你会怀念这些时刻！”

“在你还没意识到的时候，他们就上学了！”

我通常根本不会在意这种育儿金句，刚生孩子的时候我觉得这些说法有点儿烦人。当亨利拒绝从他选定的抗议位置挪动的时候（最难忘的是在百货商店的电梯里，他趴在地上发脾气，其他电梯乘客不得不提早按键下去了）；当我坐在一堆破塑料玩具、从婴儿吃饭的高脚椅上扔下来的食物，以及脏衣服中间，不知道从哪儿开始打扫，只是充满渴望地望着大门，想象着门外自由、平静的那些夜晚时；当祖德尖叫着要奶瓶（而我好像总是会把奶瓶弄得稍微有点儿烫）或者拽着我的脚腕，在我的牛仔裤上擦满了他长牙时恶心的鼻涕的时候——在那些日子里，我压根也不可能对那些时刻有一丝怀念。

我真的从来没发现自己对那些重要的时间点充满热情。不是因为它们不特殊，而是因为特殊的事总在发生，不是吗？每天都发生在我们周围。所以对于婴儿长乳牙，不受控制的徒手翻滚等激动不已，是从来不会发生在我身上的。我以前很自信，我决不会成为那种翻出孩子的婴儿照，然后说“噢，看他！那时候他是多么小啊！”的父母。

可实际上，我的自信是错误的。我变成了那样的人。

我第一次品尝激动的滋味，是去年秋天祖德第一个生日到来的时候。对我而言这是出乎意料的，主要是因为亨利一岁时我没有什么特别的感觉。（抱歉，氢弹，我们度过了美妙的一天，只不过我没有眼泪汪汪。）可是祖德一岁这件事，却似乎好几个星期前就在我的大脑里转悠，晚上一闭眼睛就跳出来（伴随着每天反复的提醒，要预约一个子宫涂片检查，以及把空瓶子送到瓶子回收库）。

我发现我想闻祖德的头发来体会他的婴儿气息。理智的一面告诉我，过完生日，他只不过比前一天大了一天；但那时他就一岁了，一个会走路的、长牙的一岁小家伙，穿着价钱让你流泪的休闲跑鞋。他们一旦到了一岁，就不再适用婴儿的年龄计算法了，不是吗？人们开始以年来计算孩子的年龄（“他一岁了，是吧？”），而我可能永远想说“噢，实际上他十四个月 / 十七个月 / 二十二个月了”。我的意思是，真的不能这样算了是吗？“是啊，他二百一十九个月的时候会在大学住校。是啊，他很好，谢谢，还在儿童红皮书[1]前百分之五十的位置，一百六十八磅重。”

当我说我对祖德快一岁了感到难过的时候，詹姆斯看我的温和的眼神里掺杂着一丝不安。这可是新鲜事：他从不忧郁的妻子表现出明显的忧郁迹象。所以有一次，他可能真觉得有必要对我强调：“是啊，可是我们不会再要孩子了，真的。”

虽说我很想用讨论第三胎名字的方法来捉弄他，但事实是我确定我也不想再要孩子了。我想那正是我开始感觉有些脆弱的原因——我意识到我哺育婴儿的时代结束了。就像打完了电子游戏的一关。婴儿关：结束。

从很多方面来说，这是值得庆祝的成就。我当然不会怀念沾满意大利面的婴儿高座椅，婴儿的吐奶，还有让我简直想用平板电脑把头砸烂的、从下午五点到七点持续不停地哼哼唧唧。我不会怀念必须推着装满各种育儿用品的婴儿车到处转。我从来不是世界上最热爱孩子婴儿期的人，而且如果我说我会怀念每三小时喂一次奶，或者伤心看不到他们的小脚印画，那确实不诚实。

但毫无疑问，这是一个时期的结束。祖德看起来已经长大很多了，而经验告诉我，这离他朝我的头挥舞激光剑和放屁的日子不远了。马上我们就要训练他坐马桶，让他穿大男孩的裤子，然后再次经历尿裤子的烦琐过程。不过我确实计算了，到那时候，我们将会经历大概一千八百二十五个换尿不湿的早晨，因此，尽管以后会有尿裤子事件发生，我仍然会在扔掉最后一片尿不湿后，去客厅跳胜利舞。

---

① 英国的儿童红皮书，帮助家长对比孩子各项成长情况的指标。——译者注

与此同时，他哥哥（现在已经是个耍激光剑和随时放屁的高手）已经晋级到上学前班了，这更强化了这一股突然惆怅的思绪。不止一次，和亨利在家过了令人崩溃的一天之后，我嘟囔着：“赶快上学吧！”可是现在我不确定我真这么想。今年他将要正式上学了，而想到我的小宝宝会穿着制服背着书包走进教室，我就开始觉得伤心了。不用想，我第一次送他去学校回家后一定会看着他的婴儿照哭，这会让我说出：“噢，他会特别快就长大！”“享受现在的时光！”因为我将会选择性地忘记在百货商店电梯里亨利闹脾气的事，而发现自己热切向往着那些，我能把两个儿子都抱在身上，闻他们头发的孩子香他们却不抗议的日子。

有那么多值得期待的事情会来临，当然，想必还有，更多糟心的事。（我收到数以百计的青少年家长来信告诉我，我还什么都没经历呢。）我知道等着我的是多年的接送上下学，去同学家过夜，还有焦急不眠地等待着他们喝得醉醺醺地撞进门；我也知道他们将不会再像这些年一样依赖我了。我现在对我的儿子们来说无比重要，虽说依赖到让我很烦，但有些时候感觉被需要，是真的很幸福。虽然一方面，他们日益增长的独立性让人解脱，但另一方面，这也很让人悲哀。

我有点儿难过，因为不久之后，他们俩就会在学校里做着我一无所知的事情。很快，他们就会酷到不会再和我在厨房里跳舞，或者爬上我的床要个拥抱了。

我会怀念曾经的一切。

如果现在你正带着一个非常小的婴儿，让你夜里有一半时间不能睡觉，还把奶吐在你的胸罩里，在婴儿睡篮里喷黄色屁屁，或者你刚经历了不得不把一个尖叫着的小孩从超市拽出来回家，那很可能你会有些怀疑我这关于未来怀旧的伤感提醒。第一次当妈的时候，我从不相信“在你还没意识到的时候，他就上学了，那时候你会怀念现在这些日子！”这种说法，因为上学看起来像是远在天边的事。可是一晃我就到了为亨利选择小学的时候，并且自寻烦恼地担心他没有妈妈在身边会无法适应，又更自寻烦恼地想他一定没问题会适应得很好。

也许怀念孩子早年时光的惆怅不能作为二手经验来传递，你不得不自己去发现。也许作为父母不可或缺的经验就是，你会有很多日子因为养育小孩而恼火得无以复加，但是接着，你会醒来并突然怀念他们小时候。

我不再继续啰唆关于时间过得多么快了，我要回去抚摸那些婴儿照片。别说我没提醒过你。

很有意思，是吧？你希望一些日子赶快过去，接着，你发现自己想要那些往日时光再回来。

**来自海派克区新米尔斯的梅莉的留言**

# 做父母改变了你吗?

亨利出生几周后，一个朋友问我：“你觉得当妈之后你有什么不同吗？”

“没有，”我说，“真没有。”

我这么说的时候，发现我身体上其实发生了很大变化。我的乳房大得像圆石头，而且一个六斤多的孩子刚从我阴道里出来。我以前身材要好一些。但是在感情上和心理上，我的内心……似乎并没有变化，我感觉还是一样。我照镜子看到一个更胖、更疲倦的自己，但是，那还是和过去一样的我。

只不过抱着个孩子。

没错，当妈使我的生活和身体掀起了一股巨大的改变的浪潮，但它不会改变我的个性，我很确认。就算有尿不湿、棉纱布和乳垫，我还是和以前一样的。

我见过一些妈妈，老实说，她们生过孩子之后简直让人认不出了。我不光指生理上的变化，我觉得她们变成了完全不同的人。而我真的很害怕那也会发生在我身上。我决心不让原来的我被当了妈妈的我顶替。

最近有一次，我难得有机会一个人单独开车回家，顺便听听我自己的CD。我拿出的第一张CD是一张老歌合辑，里面有我挑选的20世纪90年代的说唱歌曲和杀手乐队（我最喜欢的乐队，爱你，布兰顿）的歌曲，还有我最爱的歌——Jay-Z主唱的《黑人兄弟在巴黎嗨》[①]。

就在我调大音量的那一刻，我从后视镜里看见了自己。我瞟了一眼婴儿安全座椅和猫咪遮阳板。我窥见自己微皱的眼角和下眼袋。突然，我觉得听这些歌简直太傻了——来自一个妈妈的反应。

事实是，那张在车里听的CD合集，是以前我开着宝马，在路上去见客户的时候常听的。而在一辆慢吞吞地开了十年的沃克斯豪尔旅行小钢炮里，被包围在喝完的果汁饮料瓶和不再受宠的玩具（一个吱吱响的蛋和半个忍者神龟）中间，听坎耶[②]说唱的感觉完全不同。遮阳板、安全座椅，以及我马上换的一首迪士尼歌曲，都在明显表明：我的生活和以前不同了。我本人也不同了。

当然还有些时候，那个和从前一样的我会冒出来。最近一次和以前的同事、朋友出去过夜生活的时候，刚晚上七点，我只喝杜松子酒的戒律就没人理会了。虽然我们五个人中有三个都当了父母，但我们还是醉醺醺地一整晚都在聊除孩子外的各种各样“正常”的事情。实际上，那晚的某些谈话我至今还在想着，包括真实生活中成年人在床上放屁崩出屎的意外事件。（没错，就是有点儿像放屁但

① 原文是Niggas In Pairs。——译者注

② 坎耶，也是《黑人兄弟在巴黎嗨》这首歌的乐队主唱之一。——译者注

是后果更糟糕一些——我以前不知道这风险不只发生在幼儿身上。那天晚上我学了不少。）

即使不是酩酊大醉，我也很擅长聊其他内容。在幼儿班，我是第一个试着不聊长乳牙和睡眠减少，以及我宝宝体重的人——不是因为我在以这种方式否认我母亲的角色，而是因为偶尔聊聊肥皂剧《伦敦东区人》也很不错。

我有不少没孩子的朋友。有时候，我喜欢和没孩子的朋友们聚聚，而不是去那些为孩子们组织的约会。因为听听浪漫的度假故事、工作八卦和网上的垃圾谣言，可以给我一个从讨论幼托兑换券和改喂奶粉里暂时解脱的好机会。生孩子改变了我的生活，也改变了我。

生孩子改变了我的思考方式。我不再觉得无忧无虑了。我感到不能把事情都搞砸的巨大责任感，要保证孩子们的安全和快乐。我对于自己做得不够好感到焦虑，我觉得他们应该得到更好的照顾，而有时我就是处理得没那么好。有时候我怀念从前的生活，听着说唱歌曲合辑，享受着夜生活，不必在第二天早上十点必须去参加一个生日派对，还要玩给驴子贴尾巴的游戏[①]。派对游戏，以及宿醉才是该有的折磨。

有时候，看着我的儿子们，想到他们居然是我的孩子，我就像做梦一样。在我伪装成原来的自己工作的日子里，突然地，我意识到我现在正对实实在在的小孩负责，接着我想：这一切都怎么发生的？当然，我知道是怎么发生的（尽管婴儿的降生比我想象得要极端一点儿），但是我仍然偶尔会对自己已经是妈妈了感到震惊。

我是一位母亲了。

当然了除此之外我还有很多其他角色。我是作家，博主（可惜

① 一种儿童游戏，墙上贴一张画着没有尾巴的毛驴的画，孩子们依次被蒙住眼睛，拿着一个毛驴尾巴，在被转了几圈失去方向感后尝试去给毛驴贴尾巴。——译者注

不是很酷很潮的那种），朋友，妻子，一个爱喝杜松子酒、吃果子面包的笨得离谱的家伙，连碗都洗得一塌糊涂（很明显，我洗得不对——无所谓）。但是如果把我人生的所有方面归纳进一张 Excel 饼图，我的男子汉们一定是迄今为止最大、最重要的那一块（里面包括了詹姆斯，但是我们不告诉他）。

今后我生活中不太可能会发生比生孩子改变我更多的事了。生孩子的影响是异常巨大的。除了那些银白色的妊娠纹（我说了是在我的大腿上吗？），以及为保证两个孩子生活得好而涉及的吃穿照料等等带来的影响，有一种我无法估量的情感上的变化。我不信有任何人会不被此影响。成为妈妈真的改变了我整个人。我的儿子们改变了我这个人。而且我喜欢这种变化。

用坎耶的歌词说，真是“疯狂”。

不可否认，我到了这个时刻：作为一个妈妈，生活不太像我所设想的。欢呼鼓励儿子的第一次坐便训练，而他在往里放屁……那当然也算，对吧？我俩都很骄傲。

**艾米·圣奥尔本的留言**

# 你不知道你有多幸运

我必须要说出一些憋在心里的话，再结束这本书。我想挣脱内心的束缚抱怨一番。关于一直以来被认为不应该有的抱怨。（写这一章的时候我旁边放着一杯酒，就像在和朋友聊天。我要以一声长叹作为开始。）

有时候，在通过一篇博文袒露了我育儿的心路之后，我发现，因为抱怨和孩子们一起生活，抱怨有孩子让我感受到了什么，还有，也许有一次因为我说了如果育儿是一份带薪工作，我会毫不犹豫地立刻辞职而受到猛烈攻击。

大部分时候，除了偶尔对我使用脏话的攻击外，这些批评都是围绕“你没有理由抱怨”这一主题的各种版本：

“你应该更知道感恩，因为有些人无法生育。”

“如果你就是要抱怨他们，那为什么要生孩子呢？”

“你不知道你有多幸运。”

我没有对这些评论一笑置之或者对着电脑竖起中指，嘟囔着：“噢，滚蛋，你这自以为是的贱人。”因为我发现读过这些之后，我能感受到自己的沮丧。有一次，我偷偷跟詹姆斯说我想把博客关掉（还有我的社交媒体网页），然后作为一个普通妈妈继续生活，而不是作为这样的囧妈，一个自己的育儿态度被暴露在互联网上的新手妈妈。

当然，我并不真的想关闭博客，所以表面上，我还是足够厚脸皮地忽略这些批评。但是，一些反复出现的评论在我脑子里浮现，烦扰着我而且让我总感到一丝丝不爽。在很多自我怀疑和危急时刻，歌手泰勒·斯威夫特睿智的建议会帮到我，但是有一段时间，我实在无法接受她“摆脱它”的建议。我想，在很大程度上，那是因为我知道他们的评论中有对的地方。

我的确很幸运。

我没有理由抱怨。

我应该更加感恩。

我意识到这些，因为我看到了更多的角度。我不记得有多少次我在大声地抱怨一切（也许是关于孩子们不停地哼唧，或者我在工作上不用心的征兆，或者是在家令人崩溃的一整天），而忽然当看到了什么，听到了什么，或者读到了什么时我停了下来，这些内容让我想到，天啊，我为什么抱怨？

我读过的故事里，有的家庭孩子有残疾，有的失去了深爱的伴侣，有的失去了孩子。我听过的故事里，有的夫妻尝试了很多年要孩子也没成功，有的通过试管婴儿产生了一线希望，却因为流产而破灭。只要看新闻就可以给我看问题的不同视角。看完三岁的叙利亚难民阿兰·科迪那小小的身体被冲上土耳其的海滩的照片，我哭了一天，而且发誓再也不抱怨自己的生活了。

这些故事都伴随着无法想象、不同程度的痛苦，和接下来的坚强面对，而这些总是督促我嘱咐自己尽量少抱怨，要更懂得知足。

我有健康的儿子们、房子、健康的身体——天啊，我只需看一集《自己动手搞装修：求救》就会冲上楼去抱紧我的宝贝们，看到一切都好我会深呼吸。我亲爱的妈妈去世的时候只有四十多岁，而我从小到大一直知道人生苦短。在知足常乐和认识到在任何时候事情可以更糟糕这些方面，我也有很多可以分享的。

我可以很容易地以“所以知足吧，别再抱怨了”来结束这一章，但是我不会，因为我一直在仔细思考我从其他家长那里收到的上百条留言，而这些加在一起让我的思想有了彻底转变。

那些给我发信息的家长告诉我他们已经无计可施，即便很努力地试着享受一天或者一周的时光，也很难做到。他们并不是享受抱怨。实际上，他们坦言他们过得很艰难，但几乎总是为抱怨感到内疚。他们在结尾会写“我知道我应该觉得自己很幸运……”或者“我知道有些人的情况比我糟糕多了……”。虽然我承认我也有那些感觉，但是我也开始能理解他们的感受。主要是，我有这样来回答的冲动：“我知道你意识到你是多么幸运。但抱怨不意味着你不懂感恩。”抱怨是生活的一部分。我们应该分享我们的不满、烦恼和沮丧的时刻，因为这样能帮我们感到自己正常。

我想对我来说，转折点来自和一个新手妈妈的聊天。她为了怀孕努力了十年，最后才通过试管婴儿拥有了一个女儿。她告诉我经过了对付孩子的困难一天之后，她有一次大喊：“这不值！”然后在朋友表现出惊讶前，她先为自己的不知感恩而内疚地哭了。她的女儿是个奇迹这件事，意味着她永远不应该抱怨；但就像其他普通婴儿一样，奇迹宝贝有时候也完全可以烦死人。我知道这位妈妈并没有片面地看待问题，我知道她无比感恩，而且，在那个时刻，我也知道无论你有多么感恩，也难免偶尔会痛苦地抱怨一声。我开《自己动手搞装修：求救》以及这一类剧的玩笑，但认真地说，当我看到一些家庭不得不面对的困难时，我发誓下一次要抱怨我那些微不足道的小问题时，一定先想想他们那些令人心碎的情况。

在现实中，能全面看待问题的态度也只是暂时的。不久我就会发现自己正抱着一个尖叫的婴儿在和一个第七十六次拒绝穿裤子的幼儿战斗。不久，照看小孩的崩溃和挫折感就会战胜我，我会写一篇充满哀号抱怨的博文，还会给詹姆斯发一条满含暴怒的消息说我"受够了"（抱歉，詹姆斯）。我就是忍不住发火骂人。

我从来没有一觉醒来决定，今天要正当地，好好地抱怨一番，关于孩子们是多么让我发疯，以及事实究竟是如何证明育儿根本不适合我。（尬笑。）

并不是那样的。

所以，我和那些发给我充满怒骂留言的家长们站在一起，而且我不后悔自己写了那些抱怨的博文，甚至是那篇关于要放弃这份"工作"的，因为那就是我当时的感受。我那时同时感到生气、沮丧、无聊和内疚，这些感受搅和在一起，让我……暂时的，希望解脱。暂时的，我想要我从前的生活：我能度过十分钟没有人哭的生活，可以安静地小便的生活，可以好好地听热点新闻、而不是电视机声音被某人可怕的电子玩具噪声淹没的生活。

实际上，就算那天发辞职邮件在当时也是合理的选择。我抱怨他们不是因为我不知道感恩，而是因为他们有时实在让人绝望。

既然现在我有了更多的时间来消化那些批评意见，我认为这条

“如果你就是要抱怨他们，那为什么还要生孩子呢？”的意见很愚蠢。这有点儿像是说：“你选择在招聘部工作，所以你永远不能告诉我你过了很恶心的一天，因为你自己选择了在招聘部工作。”

设想有人提供给你梦想的工作：梦想的职位（比如演员汤姆·哈迪的私人助理），梦想中的公司，梦想中的薪水。这是你选择的工作。但是，你的工作时间不是每周一到周五的每天早八点半到下午五点半，而是全天全周无休息，没有睡觉时间。那么如果到了周三下午茶的时候你想：“我的老天爷啊，我想从这破工作里抽身去休息一会儿。”你会被谅解的，不是吗？那就是育儿的感受。有些日子非常美好，我也为选了这份工作而非常开心；有些日子非常可怕，而我想要我原来的工作。

没错，我确实决定了要孩子。我曾经两次决定了这件事。我永远不会把我的孩子交给别人，我也不想，但是我还是可以经常说：“真烦人！”我们都可以说。不是因为我们不爱我们的孩子，或者不懂得对我们生活中的一切美好感恩；只是因为有时候，我们就是对于狗血的一天感到崩溃。虽然那些感觉不是失去的痛苦，精神的创伤或是强烈的煎熬，但仍然是真切的感受。

看问题的视角是一件美妙而有力的工具，但它不能把每件事都变得更好，而且它绝对不能改善睡觉前那一（两）个怪异事件的出现。我基本不把一个大哭的婴儿在餐椅上抛食物，和一个幼儿拒绝在任何事上听话，当作我的幸福。没必要珍视每一个时刻，而且你不该为偶尔打开抱怨的闸门感到内疚。

这一章让我觉得像心理治疗。我开始写的时候，仿佛能感受到被那些“你不知道你有多幸运”之类的评论责备，但是我现在恍然大悟，想给所有“汝不应怨党”成员一个有分寸的而且非常庄严的回复。

亲爱的“汝不应怨”拥趸者们：

感谢你们对于我的抱怨表达异议，并试图让我对于自己不能热爱做家长的每一秒感到更加可耻。

但是，我决定对你们的评论不予理睬。我不需要你们告诉我我有多幸运。我知道拥有两个超级棒的儿子是多么走运。你们也许会惊讶地发现，我对他们的爱实际上在充满脏话的怒骂中，就已经很好地记录下来了。

我是一个正常人，会对于为人母感到紧张烦躁；我不是一个由程序控制，能在任何时候笑对生活的机器人。我的确尊重那些没有我幸运的人；我也尊重成千上万度过狗血的一天，觉得孤单的妈妈们。她们不是孤单的，我只是想告诉她们这一点。

总之，你们可以赶快歇歇了。

致以最诚挚的问候。

囧（但绝对不是不知道感恩的）妈

# 育儿过山车

睿智的哲学家，爱尔兰歌手罗南·基廷曾经告诉我们：人生是台过山车。我确定他是在说育儿。

这是真的：在生孩子之前，我感情比较外放。我曾经一边开车一边冲导航大喊："选一条路，任何一条，你这个傻子！"我也曾经大晚上在外边喝得大醉，歇斯底里地笑。看《英国达人秀》，当参赛选手说这是在他们的猫死了之后，他们第一次有勇气唱歌的时候，我大哭。

即便如此我知道这些情感都在一定的范围之内，但是我从来没领教过像我过去四年生活所经历那样的情感过山车。在很多方面，那被证明是最难调节的情感历程。

不再是简单的好日子和坏日子了：当妈之后要从情感上划分生活并不容易。有时候，我在一天内遭遇各种情感。有时候，我在一小时内就能遭遇各种情感。它们什么时候来袭我无法预知。

有些时候我感到气恼。尽管我试着压抑那些暴怒的情感（相信我，我真的努力了），一个人只能容忍有限的拒绝吃饭、用苏打水制造俯冲轰炸，以及没完没了的哼哼唧唧。我一天至少嘟囔“真烦人”一百二十七次（一边叹气），而我讨厌作为妈妈的我听起来是这副口气。她叹气太多了。

有些时候我感到内疚。因为我不是最好的，因为我不是一直都能做到最好，还因为把整体的标准从好降级为差不多。我对于自己“这就行了”的育儿风格很失望，但事实是经常我能做到“这就行了”就不错了。

有些时候我感到开心而且真的感恩自己拥有的一切，对我们家庭的整体面貌充满自豪和感激。那是当我对儿子们做的可笑的事情开怀大笑，甚至笑到腮帮子都疼的时候，那时我曾猜想着，我究竟做了什么好事，值得从生活中收获这么多伟大成果。

有些时候我感到害怕，害怕我是如此爱他们，害怕放他们去外边广大的世界（好吧，就是学校，但是那比客厅要大而且广阔得多）。你只需要在喝茶时看看新闻，就知道我们周围有些什么一团糟的恶心事在发生。当我看不到或听不到他们的时候，我就会感到害怕。即使他们去我婆婆家过夜，我也不忍去看他们的空床，因为我知道那会引诱我去想如果……如果不可想象的事真发生了呢？

而所有这些都让人付出代价，不是吗？

笑，接着哭，接着大喊大叫，接着担忧，接着是又笑。做家长感觉疲倦一点儿不奇怪，因为家长在情感上消耗如此巨大。事情如此不可预料，以至于我开始渴望平静。我渴望上班，对要完成的工作目标有轻微的压力，然后回家来点儿葡萄酒，而不必担心我的另一个角色扮演得怎么样——那个无偿，但是更重要的角色，那个要让我负责抚养小孩的角色，那个彻底改变了我生活的角色。

回想起所有那些让人冒火的时候，我声称："我宁可在任何别的地方！"但是我已经意识到，没有我的儿子们，任何别的地方都没有意义。更平静，更可预料，没有那么多大喊大叫，不太可能会在楼下的厕所里哭，但真的没有意义。

也许我们不得不接受这种不可预测，接受要摧垮人的低谷，同时也伴有美妙的高光时刻。咬紧牙关熬过狗血日的风雨，坚信更明媚的日子就在前面。

我想罗南关于过山车的话是对的。

而我们必须要坐上它。

# 致谢

我要感谢的人太多，就单刀直入了。汉娜·弗格森，感谢你作为我的代理，对本书的信心和对我持续的悉心照顾。环球出版社团队，感谢你们让我梦想成真：你们是那么聪明和可爱。特别要感谢米歇尔·西格诺、索菲·克里斯托弗、路易斯·琼斯，还有决不能忘记的哈丽特·布尔顿，是她在休产假前启动了这一整个行动（微笑）。

爸爸，谢谢您的一切（感谢您二十九年如一日的好）。蒂娜、贝卡、埃娜、安德鲁，以及所有曾对我们家伸出援手的人（特别是帮我看孩子的，那是最有用的支持）——感谢你们。感谢新老朋友和同事们，你们让我在跳入未知领域时感到自己充满力量。

玛丽·安，感谢你作为最好的朋友给我的所有鼓励，感谢你第一个把我的博客广泛地分享。梅尔，感谢你给我一个可以常常叹气的空间（以及有时候和我一起叹气）。还要感谢我在网络上遇到，而成了真正朋友的人们：丽兹、迪、艾拉以及太多很棒的博主。我都说不过来了。

詹姆斯，我亲爱的詹姆斯，感谢你在我暴跳如雷的时候保持冷静，还有即使是该我泡茶的时候也替我代劳。我们俩是很棒的一对搭档。亨利和祖德，感谢你们给了我写作的灵感，这令我无比骄傲。对不起，有时候我忙着打字而忽略了你们的大喊：“妈妈，看我！”我们很快就去度假，我会把笔记本电脑留在家。

最后，我要感谢阅读、分享我的博客和社交媒体内容的读者们，你们的评论和照片经常让我又哭又笑。你们的帮助，让我觉得自己不完全是一个失败、不合格的新手妈妈。对于这一点，我将永远感激不尽。

# 附录：做妈妈后我明白的 50 件事（到目前为止）

1. 当别人告诉你，当妈的过程会是一个“陡峭的学习曲线”时，他们的意思是，你将被蒙着眼睛推下一条长长的“滑雪道”。

2. 你会对睡觉变得痴迷。孩子能睡多少，你就能睡多少——然后你的伴侣就能睡多少。你会开始精确地计算自己的精神生活时间。

3. 新生婴儿的指甲极其锋利，他第一次挥着手去抓你的时候，甚至会让你感觉自己在做一场大手术。而如果他身上碰了一个浅浅的小道儿，或者你移开了他的手，你又会马上感到极大的内疚。

4. 你会被蒙骗购买一台根本不需要的婴儿车，一些所谓必需品的必要性也是值得讨论的。床上用品、衣服和尿不湿（这些东西你确实需要），除了这些其他的都不是必需品。但是有很多东西，你最终会因为其他人都买也会买的。比如妈咪包，你其实并不需要换一个专用的妈咪包，因为，信不信由你，如果你把尿不湿、瓶子、纱布放在一个普通的包里，也不会有什么不好的事情发生。只要你有一个口袋比较多的大袋子，或者更好的是一个背包（解放双手很重要），根本没有必要因为它有尿布形状的口袋和印着一张婴儿车的图片，就花大价钱购置一个。但是你很可能会买，或许这是一种仪式感吧。

5. 所有的孕婴用品，特别是童车、鞋子和尿不湿的价格，会让你问自己：为什么不养只小狗呢。事实上，我感觉自己已经说过至少一百次了：为什么我们不养只小狗呢？小狗可以待在狗窝里，而且可以自己去外面大便。

6. 不管你一天带了多少零食都不够，尿不湿、湿巾和背心也是一样。多带一些，然后你会发现自己忘带了防晒霜。

7. 如果你不太确定垫子、地板或睡衣上的痕迹是什么，那么最简单有效的鉴别方法是闻一闻。地上看起来像被踩过的葡萄干的东西，有时候并不是葡萄干。

8. 如果你在宝宝的睡衣或者你的背心上，发现了相当多的粪便（非常昂贵的衣服除外），你最好小心地把它们脱下来，卷在尿不湿里，直接扔进垃圾桶。听起来是有点夸张，不过说真的，如果你不这样做，也会在接下来的三天里把衣服泡在肥皂水里，最终对这持久的粪便污渍感到无语，然后扔了这件背心。所以，省点时间，早点扔了。

9. 你知道自己没有偏见，但你就是觉得自己的孩子是幼儿园里最漂亮的，漂亮到都可以当童装模特了。好吧，爱是盲目的。当我回头看自己分享过的那些标题为“太漂亮了！”的照片，我发现自己的爱，确实够盲目的。老实说，亨利花了六个月才长出稀疏的头发，直到一岁才看起来不那么像秃顶。还有祖德，嗯，他那张被我过誉、让我心碎的照片曾经被我设置为手机桌面好几个月。我不能否认，如果他自己有半个机会，也会把那张照片从他的社交媒体上删掉。他们都是美极了的男孩（你可千万别想怀疑这一点），但我确实见到了太多更适合当童装模特的孩子。

10. 你会意识到童谣是相当混乱的。当你为一个蹒跚学步的孩子读童谣时，一些情节会引起你新的关注。比如，为什么没有人告诉威利·温基[①]，他穿着睡衣在镇上跑来跑去，还敲打着孩子们的窗户，这明显是有安全问题的。

11. 你会用生命重复一些没人在听的指令，比如“我们安静一会儿吧！”以及“五分钟后出发！”，之后你会每五分钟说一次，然后至少一个小时才能出门。

12. 不小心把尿不湿扔进洗衣机会带来大麻烦。你很可能会因此再洗至少两次。开机前一定记得，检查一下你在洗衣机里放了什么。我通常会检查一下是否有香烟、小石头、iPhone，因为之前这些都曾出现在水温 40 摄氏度的洗衣机中。尽管我老爸也曾洗过他的诺基亚手机。

13.“一孕傻三年”是真的。也许严格来说这不应该是真的，但当有个小家伙在地板上滚来滚去，而你还要做那么多事时，它就会真的发生。比如：这周是扔厨余垃圾，还是可回收垃圾？以及：有

---

① 出自一首英文童谣，原文是：

“Wee Willie Winkie

Wee Willie Winkle runs through the town,

Upstairs and downstairs in his night-down,

Rapping at the window,

crying through the lock,

Are the children all in bed,

for now it’ s eight o’ clock?”

意思是：“威利·温基，在城里跑来跑去，穿着睡袍上楼来、下楼去，用力敲窗户；对着锁孔大叫，小朋友都上床了吗？现在已经八点啦。”——译者注

些东西在哪里？你清楚地记得从商店把它买回来，但它就是不见了。有人说“孕傻”是在孩子婴儿阶段母亲大脑的一种反应，你所有的功能不会一下子好转，但会渐渐好起来，不过我看不到我的情况有任何改善的迹象。这带来的后果是我没带钱包就去了商店，然后我回去拿钱包，最后从商店出来的时候还是没有买到想要的东西。

14. 不管撒谎这件事有多不好，你都会对你的孩子撒谎。人不可能总是说真话。一般来说，你撒谎是为了保护他们的感情，比如：“我相信松鼠不会死，亲爱的，它只是在睡觉。”一开始是为了弥补些什么，后来你会毫无节制起来，比如说：“圣诞老人本周会去你的幼儿园开会，并且会从他的送礼物清单上划掉淘气孩子的名字。”以及：“真伤心，电视机今天坏了，没法看动画片了。”

15. 如果有人看了你一眼（在你没跟孩子一起时）——他想必是被你的个人魅力吸引了——这会让你激动，在以后的几个月甚至几年里给你信心。这并不是说你要出轨（你知道出轨的话总得先脱干净体毛），只是感到，被别人认可的感觉很好。让我们面对现实吧，看你的人一定是觉得你很棒，如果不是这样，那就是他们的错。一个完全来自陌生人的欣赏的一瞥，会让你用一下卷发棒，哼着小歌刷一下眼睫毛，这很好。

16. 那个看你的陌生人，之所以看你有一大半可能是因为，你穿了一件被奶水浸湿了的打折 T 恤衫。该死，这不防水的胸垫。

17.“把你的精力聚焦在有用的事上”可能是健康随访者对我说过的最有用的话。公正地说，我们的健康随访者很友好，乐于助人，除了在两年的评估表顶部写下：“母亲似乎找不到儿童红皮书放在哪里了。”（我们刚搬完家！）你的孩子没有木制的勺子就拒绝出门，你的孩子从厨房抽屉里偷了威士忌，这都算什么？我们得把精力花在值得与之抗争的事情上，比如他们真的要好好刷牙，而不是吃牙膏，或者把牙刷咬得一团乱。

18. 把刷牙当成日常生活的乐趣。很高兴亨利从很小的时候就开始刷牙了。而给祖德刷牙就像给愤怒的大白鲨刷牙一样。(如果大白鲨能乱踢着大叫:“不,妈妈!”)从孩子的牙长出来开始,尽量让刷牙成为日常生活的一种乐趣。

19. 降低你的清洁标准(包括身体上的和家里的)并不是世界末日。起初,你会感到压力,但当你耸耸肩,把水壶放在桌上,而不是用吸尘器清理掉那些刚掉上的面包屑(沙发下面和胸罩里都有),其实相当轻松。

20. 孩子们不需要奢侈又昂贵的玩具。他们太小了,并不会在乎。随着长大,他们的朋友或者堂兄弟姐妹可能会拥有最新、最酷的装备,那时候你才不得不掏一大笔钱,买一套星球大战的乐高玩具,但即便如此,他们也不是真喜欢那些玩具,像猫一样,他们总是更喜欢盒子而不是玩具本身。如果他们有更多玩具会怎么样?他们会不知所措,而你,会在走过所有玩具小人和玩具小车的时候扎伤自己。

21. 当你需要给孩子选玩具时,黄金法则是:如果商店里有什么东西看起来很烦人,那么睡前一个小时它会比在商店里烦人二十倍。任何能发声的,或被分成很多块的玩具都要十分小心,孩子会不断地要求你让它们重新响起来,或重新组合起来,直到你做梦都在拼玩具。

22. 能吸引孩子注意力的最快方法是坐下来喝杯茶。如果他们刚好不需要上厕所或者喝水,或者让你修理他可怕的玩具,那么在刚坐下去的那一瞬间,他们绝对会需要你来做这些事。

23. 当你的孩子说“不”的时候,他的意思可能是“是”。反之亦然。

24. 很明显，只有特定的日子里，你才能假装成钢铁侠，其他时候，你必须成为美国队长。游戏中最激动人心的时刻就是，直到你弄错了，你才会知道今天自己是谁。

25. 当你的孩子不信任地盯着一盘蔬菜的时候，不管已经吃得多饱了，他们总会自行找到布丁的。

26. 孩子在把玩具从床底下拽出来的时候，会爆发出绿巨人那样的超级力量，但反过来，如果让他们把玩具收拾好，他们就会非常明显地发现自己已经失去了神力，实在太累了，没法收拾。

27. 一般来说，不管孩子做了什么事情，最终都会是你的错。我知道是他说的，他想让你打开一包薯片，但现在你打开了，他却记得他是想把薯片封上。是你的错。他们倒水的时候，从水壶里倒出的水溅在他们的脚上，弄湿了他们的脚。你的错。

28. 你不可能永远是个好的监护人。如果你的孩子认为你是最好的监护人，这真的是再好不过了。记得我上学时，有一位我同学的妈妈，她应该是史上最随意的妈妈了。她更像是一个朋友，她带我们喝鸡尾酒，让我们从冰箱里挑选自己喜欢的不健康晚餐，即便是我们早上五点才睡觉她也不会介意。有一次我那个同学跟我说："其实有时候如果她是一个普通的妈妈也不错。"于是我坦然接受了我妈如果让我负责收拾洗碗机里的碗，以及晚上九点前不睡觉就不给我零花钱等这些规定。亨利一定会觉得我非常无聊，我会告诉他要收拾东西，禁止他看恐怖电影。但是我是成年人，而且说到底他最终会感谢我，至少我试图给他制定了明确的界限，而不是成为他一个很酷的朋友（但愿如此）。

29. 考虑到这一点，有时你必须坚决地说"不"，即使你知道，这会让你的小宝贝一时心烦意乱。告诉他们一些他们不想听的话，因为这样做更稳妥，至少比收获一个被宠坏的孩子要好。说实话，我在这个问题上吃过不少亏了，有时我的孩子表现出有点小气的倾向，这些时候，跟他们说“不”通常非常有用。

30. 当你的孩子在某件事上做得好，或取得了成功时，你的快乐远远大于自己在某件事上成功时所感受到的任何快乐。

31. 如果他们对某事感到失望，你也会感到同样的失望。如果他们真的对某件事感到失望呢？你只会想着去弥补。

32. 如果对此无能为力，那么你会无比伤心。三岁的亨利在我们的花园里，试图和篱笆外几个大男孩聊天的情景，至今仍铭刻在我的记忆中。

“我三岁了！”亨利骄傲地告诉他们，“我喜欢达斯·维德[①]！”

“走开！你真奇怪。”大男孩们笑话他，然后跑开了。亨利被现实当头一击，现实生活中就是会有对别人刻薄的人。

“他们太刻薄了，亲爱的，不用因为这个烦恼，他们只是比你大一点而已。”亨利哭的时候，我安慰了他一小会儿。后来詹姆斯回来时，我跟他说，那些让亨利不安的混孩子，下次在外面看到他们的时候，我一定会朝他们咆哮。当然我没有这么做，他们只是孩子，还有，那些烦人的大孩子的言行举止，很快就会成为我担心会发生在亨利身上的事。

33. 一个来自宝贝的拥抱或者吻，足够安抚你的情绪。

34. 而如果宝贝发脾气了，乱咬乱踢（尤其在公共场合），也足以破坏你的情绪。

35. 在很困难的情况下，找到幽默感和嘲笑一切的能力，会在很多个考验你的日子里拯救你。有时一切都泡汤了，想躲在沙发后面哭着喝一大杯杜松子酒时，我会试着想想十年后的自己：“总有一

① 达斯·维德，《星球大战》前传三部曲的男主角。——译者注

天，亨利会为此会心一笑。”我发现，试着把自己当成一个观察者，从眼前的情景中移开——这一定比在沙发后面喝酒抽泣要好吧。

36. 我一度觉得那些特别相信直觉的人对孩子健康的反应太过敏感，但后来我发现，父母的那些直觉比任何求医问药都更靠谱。我知道这听起来像迷信，但在信息不发达的时代，家长们就是这么做的。你能想象吗？一般来说，如果我发现感觉起来不对劲，那就一定是有什么不对劲了；而如果你不相信一些人告诉你不用担心，孩子没事的话，那就坚持相信自己的判断，你有权继续去问（或者问别的人）。没人比你更了解你的孩子。

37. 没孩子的朋友总是不会理解，你为什么花了三个小时才把东西收拾好，然后在海滩上跟他们见面。你无法责备他们，因为如果你是他们，你也一样不会理解现在的自己。

38. 你不会总是喜欢你的孩子，那没关系。短暂的不喜欢之后，仍然是长久的爱，这才是更重要的。

39. 有时候你会说错话，做错事。不要因此感到自责，这就是生活。没有人会因为你长大成人，就赋予你拥有正确决策能力的智慧。

40. 不要忘记，孩子成长是个大项目。他已经六个月大了，你应该为此出去吃顿饭庆祝一下。

41. 没人知道孩子们到底在做什么。鬼知道他们要闹哪样。

42. 做父母总是需要更多的耐心。你可能会觉得自己太过频繁地抓狂了，但别忘了你的忍耐力从来没有像现在这样强大过。孩子们真的很烦人，这是事实。

43. 但是，说“我的天，这些浑孩子太讨厌了”时很大声是不可取的。

44. 不用因为想要拥有自己的私人时间而感到羞耻。在带孩子的情况下，把精力分出来一些给自己很难，但你可以的。你不会因为花了整整三百六十五天和你的孩子待在一起而获得勋章。

45. 寻求帮助不是软弱的表现。恰恰相反：挣扎并承认自己在挣扎，是强大的表现。不要试图成为孤胆英雄，一定要找人帮忙。

46. 你所做过的最好的事情，有时候真的会让你觉得，这是你做得最糟糕的事情。

47. 你会永远地爱你的孩子，然后接下来如果你又有孩子了，你也有足够的爱来给他。即使你有十个孩子，你还是能找到足够的爱来爱每个孩子。

48. 独爱一个孩子的情况是有可能发生的。在某个偶然的瞬间，你可能会更喜欢某个孩子。

49. 有时候你会冲动得想在网上卖掉自己的孩子（当然网上可不允许干这事）。“我到底做了什么？”这样古怪的念头不会让你成为一个坏妈妈，承认有这些念头也不会。

50. 尽管你可能不信，你已经做得足够好了。你很棒。